Nora Mildt

Lisa Martensen

Im Schatten des Zufalls

Nora Mildt

Lisa Martensen

Im Schatten des Zufalls

Lisa Martensen, Band 1

Kriminalroman

„Bibliografische Information der Deutschen Nationalbibliothek: Die Deutsche Nationalbibliothek verzeichnet diese Publikation in der Deutschen Nationalbibliografie; detaillierte bibliografische Daten sind im Internet über dnb.dnb.de abrufbar.

Dieser Titel ist auch als E-Book erschienen.

© 2023 Nora Mildt

Herstellung und Verlag: BoD – Books on Demand, Norderstedt

ISBN: 978-3-7583-0588-7"

Prolog

Sie stieß mit dem Typen in der Eingangstür zusammen, entschuldigte sich kurz, ohne dabei aufzusehen. Lisa bemerkte nicht, wie verachtend er ihr nachstarrte.

Warum ich, schoss es ihr durch den Kopf. Warum nur ich. Die Worte hallten in ihrem Kopf nach.
Seit Tagen schwirrten die Gedanken nur so umher. Durch den Überfall in Leas Wohnung, ihrer aktuellen Affäre, schien ihre Welt aus den Fugen zu geraten. Lisa fand in Frankfurt keine Ruhe. Sie musste diesen Schritt wagen…

Draußen heulte der Sturm um das reetgedeckte Haus. Hierhin hatte sie sich geflüchtet. Ihre neue und doch vertraute Heimat.

Tief in ihrem Inneren reifte der Plan langsam heran. Immer konkreter konnte sie spüren: Es war der richtige Weg...

1. Kapitel

Sie stieß mit dem Typen in der Eingangstür zusammen, entschuldigte sich kurz, ohne dabei aufzusehen. Lisa bemerkte nicht, wie verachtend er ihr nachstarrte.

Lisa Martensen, 35 Jahre alt, 174cm groß, schlank, durchtrainiert, Kriminalhauptkommissarin beim BKA in Wiesbaden. In ihrem Wohnort in der Frankfurter Metropole genoss sie ihre Anonymität der Großstadt. Hier konnte sie ihre Affären ausleben, hatte keine Mühe, neue Frauen kennenzulernen. Für eine feste, dauerhafte Beziehung fehlte ihr die Zeit. Lisa liebte diese unbekümmerte Phase ihres Lebens. Ihr Job verlangte ihr einiges ab, da war es für sie von Vorteil, nur zum Handy zu greifen, um Leas Nummer zu wählen. Eine Uhrzeit reichte. Sie konnte sich darauf verlassen. Lea war vor Ort war.
Lea, gut 10 Jahre jünger, stellte wenig Fragen. Lisa gab sich zugeknöpft. Lea mochte ihre geheimnisvolle Art. Für sie war Lisa ihr erstes Abenteuer, dachte sie zumindest. Sie fand die Stunden sehr anregend. Nach jeder Nachricht spürte Lea ein leichtes Ziehen im Unterleib. Sie konnte Lisas heiße Küsse auf ihrer Haut spüren,

wenn sie ihre Augen schloss. In ihr hatte Lea eine Frau gefunden, die sie mochte, wirklich mochte. Manchmal kam Lisa zur Tür herein, blickte sie mit ihren hellblauen Augen an, zog sie sanft an sich. Mit innigen Küssen begann ein leidenschaftlicher Abend. Sie ließ ihre schwarze, kurze Lederjacke zu Boden sinken, knöpfte Leas weiße Bluse auf. Schwer atmend streifte Lisa sie von den Schultern. Stück für Stück fielen ihre Klamotten auf den hellen Holzfußboden, während sie sich von Lea auf ihr Sofa ziehen ließ. Ihre eigene Wohnung war für ihre Affären tabu. Sie wollte strikt Berufliches und Privates voneinander trennen. Seit Lisa in Frankfurt wohnte, hatte niemand, außer ihr, die Wohnung betreten. Lisa liebte es, als unnahbare Einzelgängerin zu gelten. Ihr Leben war unruhig, meist spontan. Neue Fälle führten sie immer wieder an andere Orte. Oft stand sie im Frankfurter Terminal, wo sie erst nach einem Blick in ihre Anweisungen das nächste Ziel ihrer Ermittlung erfuhr. War der Einsatz für Lisa beendet, lotste sie ihr erster Weg in ihre Wohnung unter die Dusche. Sie war meist voll Adrenalin.

Am selben Abend Anfang Juli zog Lisa in ihren Lieblingsclub. Das Seaside lag im Frankfurter Westend. Sie konnte mit dem Rad dorthin fahren. Meist zog sie gegen elf los und kam in den

Morgenstunden zurück. Zu Trance, House oder Dance Classics mochte Lisa sich am liebsten durch die Rhythmen über die Tanzfläche treiben lassen. Sie schloss ihre Augen, spürte jeden Beat in ihren Beinen. Das ausgelassene exzessive Tanzen ließ die ganze Anspannung aus ihrem Körper fließen. Hierbei fühlte sie sich verdammt gut. In Flirtlaune war sie an so einem Abend selten. Sie wollte sich spüren, körperlich auspowern. Manche fanden ihren Tanzstil provokant, andere, zumeist Männer, anziehend. Lisa spürte die Blicke auf sich kleben. Diesen einen Blick des Typen bemerkte sie jedoch nicht. Sie selbst schaute, wenn überhaupt, nur auf die Frauen. *Er* erkannte dies sofort. Es gelang ihr zumeist immer, sich rechtzeitig an die Bar zurückzuziehen, bevor jemand auf die Idee kam sie anzusprechen. Passierte dies dennoch, war Lisa selbstbewusst genug, sich charmant, aber bestimmt, abzuwenden. Sie ließ sich konsequenterweise auf kein Getränk einladen. Ihre eigenen bestellten Drinks trank sie sofort aus. Zu oft hatte sie im Dezernat von K.-O.-Tropfen gehört oder davon in Berichten gelesen.

Vor nichts hatte Lisa mehr Angst als vor dem eigenen **Kontrollverlust**.

In der Morgendämmerung schwang sie sich auf ihr weißes Rennrad, um auf direktem Weg nach Hause zu fahren. Das Wasser aus der Dusche tat ihr gut, sowie die frische Bettwäsche in die sie anschließend fiel. Sie verfiel sofort in einen tiefen traumlosen Schlaf.

„Zeit und Lust heute 16 Uhr?" lautete Leas Nachricht am nächsten Morgen. Sie wälzte sich lächelnd im Bett herum. Es war Dienstag.
„Gern…", lautete Lisas knappe Antwort. Sie sprang aus dem Bett, stieg unter die Dusche. Der warme Wasserstrahl tat ihr gut. Um richtig wach zu werden, drehte sie den Hahn eiskalt. Sie griff in ihrem Kleiderschrank zu ihrer schwarzen Unterwäsche, nahm ein schwarzes Top sowie ein weißes Langarmshirt heraus, dann schloss sie die Schranktür wieder. Eine blaue verwaschene Jeans zog sie von der Kleiderstange, die neben dem Kleiderschrank stand. Wenig später ging sie zum Frühstück ins Café gegenüber. Im Seasons bestellte Lisa sich ein Langschläfer Frühstück. Der Kellner brachte einen Korb mit einem Vollkornbrötchen, einem Croissant, eine Etagere mit Butter, einem Schälchen Heidelbeermarmelade, sowie eine kleine Käseauswahl. Als Getränk wurde ein Milchkaffee serviert. Sie schaltete ihr Tablet ein, wo sie

ihre Mails las. Der letzte Einsatz war protokolliert, somit abgeschlossen. Im Dezernat übernahmen ihre Kolleginnen und Kollegen die restlichen Arbeiten. Gegen Mittag kehrte Lisa nach Hause zurück. Sie nahm sich ihr Rad, um zu Lea zu fahren. Ihre Wohnung lag, wie Lisas, im Frankfurter Westend. Sie hatten sich im Internet auf einem Dating Portal kennengelernt. Mittlerweile lief ihre Affäre seit Anfang des Jahres. Sie hatten ein Klingelzeichen ausgemacht. Nach dem Summen des Türöffners, stieß sie die Haustür auf. Lisa lief die Stufen ins Obergeschoss. Die Wohnungstür war bereits angelehnt. Sie trat herein, wobei Lea entweder im Flur oder im Wohnzimmer wartete. Nie lag sie im Bett. Lisa mochte diesen knisternden Moment, wenn Lea sie mit langen Zungenküssen begrüßte. Nach und nach zogen sie sich ihre Klamotten aus und ließen diese auf den dunklen Holzfußboden gleiten. Lea liebte die Art, wie Lisa sie mit ihren langen Küssen verwöhnte. Mitte Juli hatte Lisa sich eine Woche Urlaub genommen. Sie überlegte, in ihre kleine Kate nach Fehmarn an die Ostsee zu fahren, um ein bisschen abzuschalten. Erst einmal wollte sie aber die Stunden mit Lea abwarten. Der Nachmittag war wie immer heiß und liebevoll. Sie beschloss, ihr nichts von ihren Urlaubsplänen zu erzählen. Vielmehr freute sie sich auf einige gemeinsame Stunden in den kommenden Tagen. Die Zeit in ihrer Kate konnte sie später nachholen. Lea hatte am Abend eine Verabredung. Es gab zwischen ihnen keine Fragen, so zog Lisa sich gegen 19:00 Uhr an. Beschwingt lief sie die Stufen hinunter. Vor dem Eingang stieß sie mit einem Mann zusammen. Sie entschuldigte sich, ohne ihn anzusehen, und schwang sich auf ihr Rennrad. Lisa bemerkte nicht, wie verächtlich ihr der Typ nachstarrte. Bevor sie nach Hause fuhr, nahm sie den Umweg zu ihrer Lieblingspizzeria. In ihrer Wohnung stieg sie unter die Dusche, zog sich ein schwarzes T-Shirt sowie eine hellblaue Frotteeshorts über. Die Diavolo Pizza schob sie zum Aufwärmen in den Backofen, nahm sich ein Glas Wein und aß auf ihrem kleinen Balkon, der zur Straße zeigte. Für die nächsten Tage hatten sich angenehme Temperaturen angekündigt. Lisa wollte ihre freie Zeit genießen. Die Hitzewelle vom Juni war zum Glück vorüber.

„Morgen Abend 21:00 Uhr?" fragte Lea nach einem weiteren Treffen.

Es war weit nach Mitternacht. Lisa legte ihr Buch beiseite und machte sich bettfertig. Sie nahm ihr Handy, tippte für Lea *„gern"* als Antwort hinein und schickte die Nachricht ab.

Am nächsten Morgen nahm Lisa eine Decke, etwas zu essen, zu trinken und fuhr mit ihrem Rad zum Main hinunter. Ein paar Stunden verweilte sie lesend auf einer grünen weichen Blumenwiese. Später ließ sie sich von ihrem Handy an ihr Date erinnern. In ihrer Urlaubszeit vermied Lisa es, eine Uhr zu tragen. Alles Wichtige trug sie in ihren Kalender ins Handy. Zuhause sprang sie unter die Dusche, streifte sich ein schwarzes T-Shirt über, stieg in ihre schwarze Jeans und griff nach ihrer Jeansjacke an der Garderobe. Vor Leas Haus bemerkte sie nicht, wie sie beobachtet wurde. Lea fiel über sie her, nachdem die Wohnungstür ins Schloss flog. Dabei riss sie ihr förmlich die Klamotten vom Leib. Lisa blieb die Luft weg, konnte sich den stürmischen Küssen kaum erwehren. „Hoppla!", entfuhr es Lea. Sie tat so, als würde sie sich für ihr stürmisches Verhalten entschuldigen. Kurz und heftig liebten sie sich. Sie lagen sich verschwitzt in den Armen, als Lea plötzlich abrupt aufstand. Sie kam mit einer Zigarette zurück aufs Sofa. „Seit wann rauchst du?" Lisa schaute irritiert. „Probiere mal!", zwinkerte Lea. Lisa erahnte den Joint sofort. In ihrer Jugend hatte sie ein paar Mal mit ihrem besten Freund und seiner Clique Gras geraucht. Gefühlte Ewigkeiten war dies her.

Sie zog an dem Joint, wobei Lea erregt ihre Brustwarzen liebkoste. „Ganz schön hart!", säuselte Lea ihr ins Ohr. Lisa legte den Joint lasziv beiseite, griff nach Leas Handgelenken. Sie zog Lea nah an sich heran. Ihre Zunge spielte an Leas Brustwarzen. Gierig sog sie. Erregt fielen beide übereinander her und liebten sich. Sie liebten sich immer auf dem Schlafsofa. Lisa irritierte dies nicht. Es war bereits weit nach Mitternacht, als Lisa nach Hause kam. Erschöpft stieg sie unter die Dusche. Der Abend ging ihr noch einmal durch den Kopf. Sie war ein wenig irritiert über Leas Verhalten. So hatte sie Lea noch nie erlebt. Auf einer Seite fand sie den Abend sehr erregend. Eine gewisse Hitze stieg in ihr hoch. Auf der anderen Seite war sie ein ratlos. Lisa hatte immer mal wieder Affären, die meist wenig Aufregung, jedoch jede Menge anregenden Spaß versprachen. Bei Lea war dies anders. Lea war jünger, war fordernder, was Lisa sehr anmachte. Lächelnd stieg sie aus der Dusche und gönnte sich ein Bier. „*Morgen 20:00 Uhr?*" Lisa schaute auf ihr Handy. Als sie die Nachricht im Display las, überlegte sie: „*Hatte ich Lea von meinem Urlaub erzählt?*" Normalerweise sahen sie sich ein oder zweimal die Woche. Aber jetzt schon den dritten Abend hintereinander? Noch dazu an einem Donnerstag?

„Donnerstags hast du doch nie Zeit?!"
Lisa stutze und legte das Handy erst einmal beiseite. Antworten wollte sie diesmal erst am nächsten Morgen. Um 02:36 Uhr blickte Lisa auf ihr Handy. Lea hatte vor einer Stunde eine Nachricht mit zwei Fragezeichen geschickt. Sie legte ihr Handy mit dem Display nach unten auf den Nachttisch. Schlaf fand sie keinen mehr.
„Was willst du mit mir?", fragte sich Lisa ein paar Mal, wobei sie sich im Bett herumwälzte. Sie wollte die Kontrolle nicht aus der Hand geben. Lisa spürte den fordernden Klang der Nachricht. Am Donnerstagmorgen, es war der 14. Juli, nahm Lisa ihr Handy zur Hand. Sie sah zwei weitere Nachrichten von Lea mit je einem Fragezeichen versehen. Lisa lächelte in sich hinein. *„Du kannst es wohl gar nicht erwarten, hm?"* Sie tippte *„20:00 Uhr? Gern!"*, dann schickte sie die Nachricht nichtsahnend ab.

Lea konnte ihre Nachricht nicht mehr lesen.

Lisa verbrachte den Tag in der City. Sie stöberte durch ein paar Klamottenläden auf der Suche nach einer neuen Jeans und neuen T-Shirts.
„Die Boots könnten auch mal erneuert werden.", dachte sie und stöberte durch drei Schuhläden. Mit zwei schwarzen, einem blauen sowie einem

grünen T-Shirt fiel ihre Beute eher mager aus. In einem kleinen Bistro bestellte sich Lisa einen Salat sowie eine Johannisbeerschorle. Sie las ein paar
E-Mails auf ihrem Handy, dabei fiel ihr sofort auf:
Lea hatte die Nachricht noch immer nicht gelesen.
Eigentlich kein Grund beunruhigt zu sein, dennoch war Lisa geneigt, eine weitere Nachricht zu schicken. Verwarf diesen Gedanken jedoch wieder, als der Kellner sie in ein Gespräch verwickelte.
„Möchtest du noch etwas trinken?" „Nein, danke, ich zahle dann bitte."

Lisa betätigte die Klingel mit dem gewohnten Klingelzeichen. Der Summer ertönte. Sie lief die Treppe hinauf ins Obergeschoss. Die Wohnungstür war wie gewohnt angelehnt. Lisa trat ahnungslos hinein. Ehe sie sich versah, verband ihr jemand mit einem schwarzen Tuch die Augen. „Hey…, was tust DU…?" Lisa taumelte. Sie verlor das Gleichgewicht. Ihre Handgelenke wurden auf den Rücken gedreht. Jemand fesselte sie. „Leeeeee!" Sie wollte Leas Namen rufen, spürte aber, wie jemand ihr einen Stofffetzen vor ihren Mund presste.

Ihr Atem wurde schneller. Das Herz begann zu rasen. Ein Hauch von Panik stieg in ihr auf. Dies ist kein erotisches Sexspiel zwischen Lea und ihr, war ihr jetzt schlagartig klar. Wo war Lea? War sie auch in der Wohnung? War sie in Gefahr? Was war passiert? *„WAS passiert mit MIR?"*

„Kontrollverlust!", schoss es Lisa durch den Kopf. Dann wurde ihr schwarz vor Augen. Sie verlor ihr Bewusstsein. Lisa hatte nicht die geringste Ahnung, worauf sie sich bei der Affäre mit Lea eingelassen hatte. Sie dachte, Lea mochte ihre geheimnisvolle Art. Dabei war Lea es, die voller Geheimnisse steckte. Sie hatte keine Ahnung, wer Lea wirklich war! Als Lisa wieder zu sich kam, spürte sie, sie war nackt. Jemand saß auf ihr. Schwitzige, grobe Hände glitten über ihren Körper. Eine männliche Stimme stöhnte ihr ins linke Ohr. „Jetzt zeige ich dir mal, was dir guttut!" Die feuchte Zunge drang in ihr rechtes Ohr. Wenig später leckte jemand an ihrem Ohrläppchen. Ihr wurde übel, sie musste sich zwingen, sich nicht zu erbrechen. Mehrere Hände glitten über ihre Brüste. Lisa bekam einen Anflug von Panik. Schwer drang sie nach Luft. *„Mindestens drei!"*, schoss es ihr in den Kopf. Etwas klickte. Sie spürte etwas Metallisches an ihrem linken Oberschenkel. Kaum hatte sie den Gedanken im Kopf, spürte sie eine

Hand auf der Innenseite ihres rechten Schenkels, eine andere auf dem Linken. Sie wollte ihre Beine zusammenpressen, dann wurde es wieder dunkel. Lisa verlor erneut das Bewusstsein. Die nächsten Stunden waren ein absoluter Filmriss.

Am nächsten Morgen wachte Lisa bekleidet auf. Das Zimmer war ihr völlig fremd. Noch immer leicht benommen spürte sie ein schmerzendes Ziehen in ihrer linken Brustwarze. Sie versuchte sich aufzusetzen. Ein stechender Schmerz schoss ihr in den Rücken. *„Versuche, dich zu erinnern!"* Die letzten Stunden waren nur schwarz. Sie erinnerte sich an Leas geöffnete Wohnungstür. Danach fühlte sie nur Ekel. Lisa erbrach sich auf dem Bett. Sie rappelte sich auf. Mühsam schleppte sie sich zur Tür. Sie versuchte die Wohnung zu verlassen. Ihr Handy war ausgeschaltet. *„Wo bin ich? Verflucht!"* Lisa öffnete taumelnd die Wohnungstür. An das Treppengeländer gestützt, wankte sie zur Haustür. Die Hochhäuser gegenüber waren ihr völlig fremd. An den Namensschildern standen nur Nummern, keine Namen. *„Verdammt!"* Dann wurde alles schwarz vor ihren Augen.

Am nächsten Abend wachte Lisa in einem Krankenbett auf. Eine Ärztin war gerade dabei, die Geräte zu überprüfen. Sie lächelte Lisa zu. „Hallo, ich bin Greta Hinze, ihre behandelnde Ärztin." „Wie…wie komme ich hierher?" Das Sprechen fiel ihr sichtlich schwer. „Sie wurden gestern in der Hochhaussiedlung Westend Süd bewusstlos aufgefunden." „Bin…wurde ich…?" „Nein! Wir konnten keine Spuren einer Vergewaltigung feststellen. Wir haben ein Betäubungsmittel in ihrem Blut nachgewiesen, deren Herkunft wir noch prüfen." Die Ärztin erklärte Lisa, sie hätten eine Stichverletzung am Rücken gefunden. Da sie nur ihren Dienstausweis bei sich trug, wurde ihre Chefin informiert. Sandra hatte ein paar Stunden an Lisas Bett verbracht und wollte am nächsten Morgen wiederkommen. Lisa bekam Medikamente, um eine ruhige Nacht zu verbringen. Am nächsten Tag, es war Samstagmorgen, erschien Sandra. Sandra Maier, Lisas Chefin, Kriminalrätin beim BKA in Wiesbaden. Sie setzte sich auf den Stuhl neben dem Krankenbett. Sie schaute Lisa an und bat sie, sich ihr gegenüber zu öffnen. Nur wenig wusste sie aus Lisas Privatleben. Lisa begann, über ihre Affäre mit Lea zu erzählen. Sandra verstand die Sehnsucht nach Abenteuern. Sie vermied es, ihre Affäre zu beurteilen. Innerlich dachte sie jedoch. „*Verdammt Lisa, ausgerechnet DU!*" Sie bat Lisa, alles zu erzählen, woran sie sich an diesem Abend erinnern konnte. Sie versuchte sich zu konzentrieren, was ihr sichtlich schwerfiel. Zögernd begann sie Sandra alle Einzelheiten, die ihr einfielen, zu erzählen. Sie konnte nicht sagen, ob Lea in den Überfall involviert war oder selbst zum Opfer wurde. „Es war nicht vorgekommen, dass Lea meine Nachrichten nicht gelesen hatte, bevor wir uns trafen. In der Nacht auf Donnerstag bekam ich zwei Nachrichten mit je zwei Fragezeichen, nachdem ich unser Date nicht sofort bestätigt hatte. Ich kann nicht mal sagen, ob Lea es war. War es jemand anderes, der die beiden Nachrichten an mich verschickt hat?" Sandra zog eine Augenbraue hoch und sah Lisa fragend an. „Ich weiß selbst wie das klingt…!" „Gut.", sagte Sandra. „Was geschah, als du in Leas Wohnung kamst?" Lisa erzählte ihr von dem Tuch über ihren Augen. „Ich dachte, Lea wollte etwas Neues ausprobieren. Am Abend zuvor rauchten wir einen Joint. Vielleicht…Es ergibt keinen Sinn, Sandra!" Ihr wurde klar, zur Aufklärung ihres eigenen Überfalls konnte sie nicht viel beitragen. Die Überprüfung ihres Handys in der Kriminaltechnik brachte kein Ergebnis. Die Täter konnten alle Spuren zu Lea löschen. In Leas

Wohnung fanden sich genauso wenig Spuren. Alles, was auf Lea hindeuten konnte, war verschwunden. Die Wohnung schien klinisch rein. Die Täter hatten ganze Arbeit geleistet. In Lisa erwachte eine ungeahnte Wut.

„Nicht mit mir!", waren Lisas Gedanken, nachdem Sandra das Krankenzimmer verlassen hatte. Die nächsten Tage verbrachte sie für weitere Untersuchungen im Krankenhaus. Lisa wurde mit dem Narkotikum Gammahydroxybuttersäure betäubt, so das Ergebnis der Blutuntersuchungen. Am Mittwoch konnte sie dieses verlassen.

Sehr viel später, es war inzwischen Anfang Dezember, musste Lisa sich eingestehen, dass es ihr nicht gelang, in ihren Alltag zurückzukehren. Seit Wochen reiften in ihr die Gedanken. In Frankfurt kam sie nicht zur Ruhe. Schließlich überlegte sie, ihren Job zu kündigen. Der Überfall hatte sie völlig verändert. Sandra zeigte für Lisas Entscheidung wenig Verständnis. Mit ihr würde sie eine ihrer besten Mitarbeiterinnen verlieren. Ihren unerschrockenen Scharfsinn, ihre hervorragende Beobachtungsgabe sowie ihre unvergleichliche Intuition wollte Sandra nicht missen. Nach zahlreichen Diskussionen respektierte sie schließlich Lisas Entschluss,

einen Abschluss in einem neuen Lebensabschnitt zu suchen. "Wir bleiben in Kontakt! Sobald sich etwas Neues ergibt, werde ich mich
melden. Überlege es dir nochmal, Lisa. Du
kannst jederzeit zurückkommen!" „Zeit heilt
keine Wunden - sie macht nur Pflaster drauf!",
waren Lisas abschließende Worte. Sie legte
Sandra ihre Dienstwaffe sowie ihren Dienstausweis auf den Schreibtisch. Dann verließ sie ihr
Büro. Sandra verwahrte beides in ihrem
Schreibtisch. In Lisas Personalakte schrieb sie:
„unbestimmte Auszeit…"

2. Kapitel

Lisa hielt nichts mehr in der Frankfurter Metropole. Sie wollte zurück – zurück in ihre Heimat –
zurück auf ihre Insel. Die Enge der Großstadt
raubte ihr nach dem Überfall die Luft zum Atmen. Sie spürte eine Sehnsucht nach Meer. Den
Geschmack des Salzes und die Kraft der rauen
See wollte sie wieder spüren. Sie wollte sich wieder spüren. Seit dem Überfall überkam Lisa eine
unendliche Leere, die sie wieder mit Leben fül-
len wollte. Nicht nur an den wenigen Urlaubsta-
gen, die sie sich im Jahr gönnen konnte. Nein, sie
wollte vielleicht für immer zurück. Lisa kehrte

ihrem alten Leben in Frankfurt den Rücken. Sie brauchte Zeit und Abstand. Seit dem Überfall war nichts mehr so wie früher. Die Tat war noch immer nicht aufgeklärt. Wie nur sollte sie sich damit abfinden? Von Lea gab es seit dem Überfall kein Lebenszeichen. Es fühlte sich an, wie in einem Alptraum, aus dem sie langsam erwachte. In der letzten Februarwoche gab Lisa ihr Leben endgültig in Frankfurt auf. Die Möbel und ihr Rennrad waren verkauft. Sie hatte nicht erwartet, dass sie eines Tages, dem Umstand der großen Erbschaft ihrer Eltern, so dankbar sein würde. Geldsorgen plagten sie erstmal nicht. Am Tag ihrer Abreise, als sie die Tür ihrer Wohnung hinter sich schloss, atmete Lisa tief durch. Sie nahm ihre Tasche und lief zu dem Mietwagen. *„Nicht mal einen eigenen Wagen hatte ich hier gebraucht",* dachte sie. Durch den dichten Verkehr in den Feierabend überfüllten Straßen, lenkte sie den Wagen in Richtung Autobahn. Wenn alles glatt lief, sollte sie kurz vor Mitternacht an der Fehmarnsundbrücke, die sie auf die Insel führte, ankommen.

Unterwegs stoppte sie nur zum Tanken. Dabei gönnte sie sich einen Latte Macchiato. An dem Süßigkeiten Regal blieb sie kurz stehen, zog dann aber ein belegtes Brötchen vor. Dem Treiben in der Tankstelle schenkte Lisa wenig

Aufmerksamkeit. Stattdessen eilte sie zurück zu dem Wagen und hing ihren Gedanken nach. *„Was wird die Zukunft bringen? War der Schritt der Richtige? Wohin führte ihr Weg? Wo wollte sie in ihrem Leben ankommen? Wie konnte sie die nächsten Wochen beginnen. Wie sollte sie den Überfall verarbeiten? Das Getränk und das Brötchen waren in diesem Moment das Richtige."*, schloss sie ihre Gedanken und startete den Motor. Stunden später erreichte sie die Fehmarnsundbrücke, die das Festland von der Insel trennte. Lisa stoppte den Wagen an dem kleinen Parkplatz vor der Brücke. Sie stieg aus, ging die wenigen Schritte zum Rand des Parkplatzes, von wo aus sie einen Blick auf die Brücke und das Meer erahnen konnte. Der Wind zerzauste ihre kurzen blonden Haare. Sie schloss die Augen und sog tief die Luft ein. Frische, klare eiskalte Meeresluft. Einen Moment lang stand sie nur so da. Lisa spürte diesen Moment in sich hinein. Es war bereits dunkel, als sie die Insel erreichte. Sie hatte sich vorsorglich in der kleinen Pension, die mittlerweile ihrer Freundin Klara gehörte, eingemietet. Sie kannten sich aus Kindertagen. Klara, 34 Jahre alt, 170cm groß, und schlank.

„Morgen…", dachte Lisa, *„werde ich schauen, was in der Kate erledigt werden muss, um dort länger leben zu können."* Die kleine Kate, nur durch den

Deich getrennt, direkt am Meer liegend, war schon immer im Familienbesitz. Bislang hatte sie hier nur ihre Urlaubstage verbracht. Doch das wollte sie ändern. Nach dem Tod ihrer Eltern war sie durch eine hohe Erbschaft unabhängig. Langsam würde sich ergeben, wohin ihr Weg gehen soll. Da war Lisa sich sicher.

Klara empfing sie mit einem breiten Lächeln. Trotz der späten Stunde hatte sie darauf bestanden, ihr den Schlüssel persönlich zu übergeben. Die Beiden hatten seit Jahren eine besondere Verbindung zueinander. Sie kannten sich aus Kindertagen. Die kuschelige Kate und Klaras Pension lagen am gleichen Strand. Es trennten sie nur wenige Minuten mit dem Rad über den Deich voneinander. In den Sommermonaten verbrachte Lisa viel Zeit bei Omi Elli in der Kate. Mit Klara verbrachte sie damals viel Zeit zusammen. In den letzten Jahren trafen sie sich häufig, wenn Lisa in der Kate Urlaub machte.

Nach einem kurzen Wortwechsel über die Fahrt, verabschiedete sich Lisa und zog sich in das kleine gemütliche Zimmer unter dem Dach zurück. Ihre Reisetasche stellte sie hinter der Tür ab und stieg sehnsüchtig unter in die Dusche. In den wohlig riechenden Bademantel gehüllt, ließ sie sich auf das breite Bett fallen. Minuten später schlummerte sie ein.

Am nächsten Morgen weckte sie das Geschrei der Möwen. Ein stürmischer leicht verschneiter erster Märztag hatte sich angekündigt. Lisa reckte und streckte sich. Kurz überlegte sie *„War dies der richtige Schritt, der richtige Weg? Was wird die Zukunft bringen?"* Schnell wischte sie die Gedanken beiseite, schwang ihre Beine über die Bettkante und ging ins Bad. Ihr Spiegelbild verriet ihr, sie war aufgewühlter, als sie sich eingestehen wollte. In ihrer verschlissenen Lieblingsjeans und dem kuscheligen dunkelgrauen Troyer ging sie hinunter in den Frühstücksraum. Um diese Zeit, so früh im Jahr, war die Pension noch recht leer. Später im Frühjahr und Sommer kamen die Urlauber und starteten von hier aus ihre Erkundungstouren über die Insel. Klara brachte ein Frühstücksgedeck mit frischen Brötchen, die sie jeden Morgen frisch aus der kleinen Landbäckerei holte. Selbstgemachte Himbeermarmelade und eine kleine Auswahl an Käse sowie frisch gebrühter Kaffee, rundeten das Gedeck ab. Der erste Kaffee am Tag war für Lisa sehr wichtig. Mit beiden Händen hielt sie ihren Becher fest. Mit geschlossenen Augen sog sie den Duft des dampfenden Kaffees ein. Einen kurzen Moment setzte sich Klara mit an den Tisch. Die beiden unterhielten sich über ihre gemeinsame Zeit und die Neuigkeiten der letzten Wochen. Sie erwähnte den Überfall, sowie den Grund, warum sie Frankfurt verlassen hatte, nicht.

Lisa hatte der Insel nach ihrem Abitur den Rücken gekehrt. Damals war sie froh, endlich die Enge der Insel verlassen zu können. Im ersten Jahr jobbte sie in Bars in Hamburg, Berlin und München, ehe sie ein Studium der Kriminologie an der Polizeiakademie beginnen konnte. Jahre später hatte sie als Profilerin in Hessen gearbeitet. Diesen Lebensabschnitt hatte sie jetzt hinter sich gelassen. In der kleinen Kate am Strand wollte sie ein neues Leben beginnen.

Klara war auf der Insel geblieben, hatte nach dem Abitur an einer Hotelfachschule ihren Abschluss gemacht. Sie wollte immer die Pension ihrer Eltern übernehmen.

Klara verabschiedete sich bei ihr und kehrte in ihr Büro zurück. Lisa verließ kurz darauf den Frühstücksraum, zog sich für einen Moment in ihr Zimmer zurück, packte ihre Sachen und machte sich auf den Weg. Von der Pension waren es nur wenige Meter mit dem Rad. Mit dem Wagen fuhr Lisa einen kleinen Umweg. In ihrem neuen und doch so vertrauten Heim angekommen, schaute sie von außen nach dem Rechten, kramte schließlich den Schlüssel aus ihrem dunkelgrauen Rucksack hervor und öffnete die Tür. Die Fensterläden klapperten im Sturm. Lisa öffnete diese, damit das Tageslicht das Wohnzimmer erhellen konnte. Sie riss die Fenster von innen weit auf, wodurch sie besser atmete. Die Gedanken kreisten in ihrem Kopf. *„Lea, Frankfurt, Krankenhaus, Sandra."* Kein Gedanke ließ sich greifen, keiner wollte zu Ende gedacht werden.

Nachdem sie ihr Gepäck ins Haus gebracht hatte, überlegte sie sich, was sie als erstes tun wollte. In ihrem Kühlschrank herrschte gähnende Leere, also nahm sie sich einen Zettel und notierte die wichtigsten Einkäufe für die nächsten Tage.

Es war Freitagmorgen in der ersten Märzwoche. Den Mietwagen hatte sie noch bis Montag. Zeit genug, um die wichtigsten Dinge mit dem Wagen zu erledigen. In der ersten Zeit wollte sie ohne Auto zurechtkommen. Sie hatte noch ihr altes Mountainbike im Schuppen stehen. Mit ein paar Handgriffen konnte sie das schnell wieder in Gang bringen. Ihr Rennrad hatte sie in Frankfurt verkauft. Mit den schmalen Reifen schien es ihr hier unpassend. Um die Mittagszeit machte sie sich auf den Weg ins Zentrum und fuhr auf den großen Supermarkt Parkplatz. Schnell arbeitete sie den Einkaufszettel ab, steuerte zur Kasse, packte die Waren zurück in den

Einkaufswagen, verstaute alles im Auto und machte sich zurück auf den Weg. Lisa brachte den Einkauf ins Haus, räumte alles schnell in den Kühlschrank und die Schränke. Danach zog sie sich ihren warmen Troyer über, schlüpfte in die derben Stiefel, schnappte sich ihre Mütze, sowie eine warme Jacke von der Garderobe und brach zu einem ausgedehnten Strandspaziergang auf. Der Wind hatte sich etwas gelegt, würde zum Abend aber sicher wieder auffrischen. Der Schnee knirschte unter ihren Schritten, während sie über den schmalen Wanderweg, der zwischen zwei Dünen lag, direkt an den Strand kam. Immer wieder blieb sie stehen und sog die kalte Meeresluft ein. Hauch stieg aus ihrem Mund auf. *„Wenn ich zurück bin, werde ich erst mal den Kamin zum Heizen bringen."*, dachte sie sich. Nicht nur die wohlige Wärme würde ihr guttun, sondern auch das leise Knistern des Holzes würde Balsam für ihre Seele sein. Ein paar Schritte über die Dünen waren es zum Meer. Wie sehr hatte sie diese Lage als Kind bei Omi Elli genossen. Hier konnte sie alles tun und lassen, was sie wollte. In den Sommerferien verbrachte sie oft die gesamten sechs Wochen hier. Obwohl sie auf Fehmarn lebte, war diese Zeit hier damals wie Urlaub. Hier verbrachte sie auch sehr viel Zeit mit Klara. Sie schloss ihre Augen. In ihren Gedanken sah sie Elli winkend am Zaun stehen. Nach dem Tod der geliebten Omi und dem späteren Unfalltod ihrer Eltern war sie allein. Zu den Großeltern väterlicherseits hatte sie nie mehr Kontakt aufgenommen. Auch mit allen anderen Verwandten gab es nach dem Tod ihrer Eltern keine Begegnungen. Die Jahre in Frankfurt hatten ihr auf eine gewisse Weise gutgetan. Sie konnte die Vergangenheit mehr oder weniger hinter sich lassen. Jetzt war es genau umgekehrt. Lisa wollte zu ihrer Zeit in Frankfurt Abstand bekommen. Der Wind lebte auf und die Wellen rollten mit lautem Getöse an den Strand. Lisa liebte es, sich den Wind, um die Ohren wehen zu lassen. Sie stellte sich nah ans Wasser und schloss ihre Augen. Nach einer Weile war sie arg durchgefroren. Lisa eilte zurück. Ein Blick signalisierte ihr. Genügend Holz war vorhanden. Ein paar Holzscheite legte sie in den Kamin und zündete diese mit den kleinen Holzstückchen an. Ein Streichholz genügte. Nach wenigen Augenblicken knisterte und knackte es in dem kleinen schwarzen Holzofen. Die Holzscheite begannen orangefarben zu glühen. Die Sonne neigte sich zum Untergehen in Richtung Meer. Der Himmel fing an, violett zu leuchten. Durch die kleinen Fenster konnte sie nicht bis auf das Meer schauen, aber sie wusste, die Sonne würde in wenigen Minuten am Horizont ins Meer verschwinden. Das eindringliche Rauschen der Ostsee drang gedämpft durch das geöffnete Fenster. Lisa ging in die Küche, um sich etwas zu essen zu machen. Am ersten Abend gönnte sie sich ein Glas Rotwein zu der Pasta.

Die ersten Wochen auf der Insel waren vergangen, zumeist hatte Lisa in den Tag hineingelebt. Sie versuchte Abstand zu bekommen. Immer mal wieder kreisten ihre Gedanken um den Überfall in Leas Wohnung oder um ihren alten Job. Wirklich vermissen tat sie in diesem Augenblick nichts, weder den Lärm, noch die Fülle der Großstadt oder den Stress in ihrem Alltag. Sie vermisste nur eins. Die Antworten auf ihre Fragen: *„Warum? Wer? Wo war Lea?"* Zweimal hatte Lisa bei Sandra nach neuen Ermittlungsergebnissen gefragt. Sandra, ihre Chefin beim BKA, musste sie beide Male enttäuschen. Es gab noch keinen Fortschritt in den Ermittlungen. Sie musste ihr Leben wieder in den Griff bekommen. Vielleicht kam es nie zur Ermittlung der Täter. Das musste sie versuchen zu begreifen. Damit zufriedengeben wollte Lisa sich nicht.

3. Kapitel

Es war mittlerweile Frühling. Die Sonne ließ sich in den ersten Apriltagen nur selten blicken, doch wenn sie hinter einer Wolkenschicht herauslugte, konnte Lisa es sich in ihrer geschützten Ecke hinter der Kate im T-Shirt und mit einer Decke über den Beinen gemütlich machen. Das Buch, das sie zurzeit las, ließ sie immer mal wieder schmunzeln. Am Anfang war es ihr gar nicht so sehr aufgefallen, aber mittlerweile erkannte sie Parallelen zu ihrem eigenen Leben. Schon immer hatte sich Lisa, wie die Protagonistin in dem Buch, zu Frauen hingezogen gefühlt. In der Schulzeit auf der weiterführenden Schule hatte sie angefangen, sich für Mädels aus den höheren Klassen zu interessieren. In den Pausen auf dem Schulhof waren alle Klassen der höheren Jahrgänge zusammen, so konnte Lisa unauffällig die Nähe zu Kathrin suchen. Kathrin war zwei Klassen über ihr und wohnte ein paar Straßen hinter der Schule. Mit ihrem Rad war Lisa ihr eines Nachmittages nach der Schule gefolgt, eher unabsichtlich. Es stellte sich heraus, beide hatten den gleichen Schulweg. Sie musste nur etwas weiter radeln, als Kathrin zu Fuß ging. Lächelnd und beschwingt rollte Lisa weiter. Sie schmiegte einen Plan, wie sie Kathrin auf sich aufmerksam machen wollte. Damals war es nicht leicht, jemanden kennenzulernen, wo man selbst noch gar nicht genau wusste, wohin man eigentlich „gehörte". Es gab kein Internet. Keine Handys. Aber viel Platz für Träume.

Lisa schwelgte in Erinnerungen, dabei hatte sie nicht bemerkt, wie sich eine Gänsehaut über ihre Arme gezogen hatte. Die Sonne hatte sich längst wieder hinter der dichten Wolkendecke versteckt. Sie nahm ihre Sachen und brachte alles hinein. Es war früh am Nachmittag. Sie schnappte sich ihr Mountainbike und fuhr in Richtung Hafen. Vorher radelte sie bei Klara vorbei.

„Hej Klara, magst du mit zum Hafen kommen?"

„Ja, warte bitte, ich hole nur schnell mein Rad."

Gemeinsam fuhren sie über den Deich.

Der Imbiss an der Hafeneinmündung hatte bereits geöffnet. Lisa bestellte zwei Fischbrötchen mit Brathering. Genüsslich bissen sie hinein. In den Sommermonaten musste man hier immer gut aufpassen, dass einem die Möwen nicht den Fisch vom Brötchen stibitzten, so dass man ohne Belag dastand und etwas dumm aus der Wäsche guckte. *Wie viele es wohl in dieser Saison schaffen würden?"*, ging es Lisa durch den Kopf. Bei den Einheimischen konnte man eine gewisse Raffinesse beobachten, wenn sie sich eine Hand schützend über das Brötchen legten und sich einen ruhigen Platz hinter den Fischerhäuschen am Hafenbecken suchten. Während sich die Touristen eher damit beschäftigten, ein neues Selfie für einen Schnappschuss zu posten. Die Unaufmerksamkeit nutzten einige Möwen für sich. Ehe manch Tourist reagieren konnte, waren die Möwen mit ihrer Beute davongeflogen.

„Woran denkst du?" Klara riss sie aus ihren Gedanken. „Nichts bestimmtes. Ich dachte gerade an die Touris und die Möwen. Wie viele von ihrem Fischbrötchen wohl nur die Brötchen essen werden." „Stimmt das Spektakel kommt wie jedes Jahr der Sommer und damit die Touristen." Am späteren Nachmittag verabschiedeten sie sich voneinander.

Lisa versuchte etwas Normalität in ihren Alltag zu bringen. Sie freute sich auf den bevorstehenden Sommer. Den Gedanken, dass sie sich bei einer bestimmten Menge an Touristen auf der beliebten Ostseeinsel, immer an einen ungestörten Ort zurückziehen konnte, genoss sie sehr. Es gab viele beliebte, belebte Strände für Familien mit ihren Kindern. Platz für die Wohnmobile der Surfer und Kiter sowie großartige Häfen für die Segler. Im Sommer herrschte immer ein reges Treiben. Lisa wollte versuchen, so viel wie möglich von der Stimmung einzufangen. Sie hatte beschlossen, endlich einen neuen Surf Kurs zu besuchen. Für das Segeln hatte sie ihr Vater schon von Kindesbeinen an begeistert. Gemeinsam waren sie in ihrem ersten kleinen Optimisten, den sie liebevoll Maja taufte, zu kleineren Törns aufgebrochen. Im Segelverein hatte Lisa ihre Begeisterung ausbauen und den Sport von klein auf lernen können. Nach dem Optimisten stieg sie später auf die Jugendjolle Europe und den Laser um. Erfolgreich hatte sie einige Regatten gesegelt. Lisa stellte ihr Rad vor die Haustür. Sie wollte die Kette ölen und die Bremsen neu einstellen. Außerdem konnte ihr Mountainbike eine Wäsche vertragen. Mit einem Eimer Wasser und einem alten Putzlappen säuberte sie den Rahmen, die Felgen und die Schutzbleche. Am Abend legte sie sich mit ihrem Buch ins Bett. Schon bald fielen ihr die Augen zu.

In ihre Gedanken versunken, schlenderte Lisa am nächsten Tag allein durch den Hafen. *„Vielleicht,"* schoss es ihr durch den Kopf, *„erfülle ich mir endlich den Traum von einem größeren Segelboot."* Mit einem Folkeboot liebäugelte Lisa schon seit Jahren, konnte sich jedoch nicht dazu durchringen, wo sie die meiste Zeit in Frankfurt verbrachte.

Schließlich brach sie auf, als sich die ersten
Tropfen den Weg aus den dunklen Wolken
suchten und fuhr zurück. Durch das Buch, das
sie zurzeit las und den damit verbundenen Er-
innerungen, erwachte zaghaft eine Sehnsucht in
Lisa. Sehnsucht, die sie seit dem Überfall nicht
mehr spüren konnte. Nähe. Zweisamkeit.
Wärme. Zärtlichkeit. Küsse. SEX.
Über diese Gedanken schlief Lisa auf dem Sofa
ein. Weit nach Mitternacht wachte sie aus einem
Alptraum, der sie an den Überfall erinnerte, auf.
Schweißgebadet schleppte Lisa sich unter die
Dusche. Sie versuchte die Schwere von ihren
Schultern wegzuspülen. Lisa stütze sich mit ei-
ner Hand an den hellgrauen Kacheln der Dusche
ab. Warmes Wasser lief über ihren Rücken.
Kurze Zeit später lag sie wach auf ihrem Bett. Es
wurde eine schlaflose Nacht.

Am nächsten Morgen bereitete Lisa sich den
Frühstückstisch. Auf dem Tisch befand sich
Käse, Marmelade, Müsli, Kiwi, Äpfel und Bana-
nen dazu ein Naturjoghurt. Ihren Kaffee trank
Lisa mit etwas Milch. Die gestrigen Gedanken
kamen ihr noch einmal in den Kopf. Sie nahm
sich einen Block.
Auf ihrem Notizzettel stand in vier großen
Buchstaben ihr Name: LISA! Zu mehr war sie

nicht fähig. Sie spürte, sie musste sich mehr um sich selbst kümmern.

Nach dem Frühstück nahm sie sich vor, der Kate einen Frühjahrsputz zu verpassen. Die kleinen Fenster mussten geputzt werden, der alte dunkle Dielenfußboden gereinigt und die Möbel entstaubt werden. Als sie eingezogen war, hatte sie nur das Nötigste getan. Besuch erwartete sie hier keinen. Die kleine Kate war mit ihren dunklen Holzbalken und den geweißten Wänden urgemütlich. In der Küche putzte Lisa die alten hellblau weißen Kacheln mit den nordischen Windmühlen und Leuchtturm Motiven. Nach der Renovierung hatte sie von ihrem historischen Charme nichts eingebüßt. Von außen mit dem strohbedeckten Dach wirkte sie klein und kuschelig. Wenn Lisa sich im Wohnzimmer auf Zehenspitzen stellte, berührten ihre Fingerspitzen die Wohnzimmerdecke. Die schmale Stiege zu ihrem Schlafzimmer war schnell gewischt. In dem kleinen offenen Schlafzimmer unterhalb der Dachschrägen stand mittig ihr weißes Futonbett. Die kleinen Bullaugenfenster am Kopfende blitzten und auch das geschwungene Seitenfenster erstrahlte wieder streifenfrei. In der angrenzenden Nische standen eine Kleiderstange sowie eine alte dunkle Truhe für ihre Klamotten.

Am Nachmittag schnappte sie sich ihre Jacke, setzte sich eine leichte Mütze auf und ging zum Strand hinunter. Wie schön wäre es, jetzt einen Hund dabei zu haben. Schon immer hätte Lisa gerne einen Hund gehabt. In der Großstadt konnte sie es sich bei ihrem Job nicht vorstellen. Jetzt aber, in ihrem neuen Leben, war dies durchaus vorstellbar. Gedanken versunken lief Lisa den Strand entlang. Nach ein paar Metern kehrte sie zur Kate zurück und wechselte in ihre Jogging Klamotten. Sie wollte mal wieder etwas für ihre Fitness tun und lief in einem gemäßigten Tempo zum Strand hinunter. Da der Sand an dieser Stelle etwas fester war und sie nicht so leicht im Sand einsank, gefiel ihr dieser Weg am besten zum Laufen. Nachdem sie ein paar Meter gelaufen war, erhöhte sie das Tempo und sprintete über den Sand. Nach einer guten Stunde kehrte sie ausgepowert zurück. *„Ich muss unbedingt wieder fitter werden!"*, dachte sie sich und kletterte erschöpft unter die Dusche. In ihrem Wohlfühljogger und ihrem Lieblingskapuzenpullover setzte sie sich später auf das Sofa und las in dem Buch weiter. Es dauerte nicht lange, bis Lisa die Augen zufielen. Die schlaflose Nacht zollte ihren Tribut. Eine gute Stunde später wachte Lisa auf. Sie beschloss, sich ins Bett zu legen, worauf sie sofort wieder einschlief.

Am nächsten Morgen weckte eine Möwe Lisa mit lautem Geschrei.
Sandra, ihre Chefin vom BKA, hatte sich früh morgens bei ihr gemeldet. Immer noch gab es keine neuen Ermittlungsergebnisse. Mittlerweile waren fast neun Monate vergangen.
Noch vor dem Frühstück schnappte Lisa sich ihre Jacke und drehte eine Runde entlang der Dünenlandschaft. Der auflandige Wind wirbelte den Sand auf. Die Schritte fielen ihr auf dem heutigen weicheren Sand schwer. Immer wieder versank sie. Es fühlte sich an, als würde sie der Strand festhalten wollen. Lisa griff sich an den Kopf und zerwühlte ihre Haare. Laut schrie sie gegen den Wind, versuchte ihre Verzweiflung rauszuschreien. Die schweren Schritte im Sand symbolisierten die manchmal unerträgliche Schwere in ihrem Kopf. Sie ließ ihre Arme auf ihre Knie sinken und atmete schwer. *„Jede anbrechende Minute ist eine Chance, sein Leben zu verändern!"*, dachte sie sich *„Doch wie kann ich mein Leben verändern, wenn sich eine entscheidende Frage nicht beantworten lässt:*
„W A R U M?"

Schließlich kehrte Lisa zurück zur kleinen Kate. Die warme Dusche tat ihr sichtlich gut. Sie schlüpfte mit einem wohligen Gefühl in ihren Bademantel, stellte die Kaffeemaschine an und tauschte den Bademantel gegen ihre weiche dunkelgraue Jogginghose und den hellblauen Kapuzenpulli. Zum Frühstück bereitete sie sich ein Rührei mit Schnittlauch und Tomate sowie ein Marmeladentoast. Der Kaffee am Morgen tat gut. Während des Laufens hatte sich Klara gemeldet. Das Signal auf ihrem Handy signalisierte eine Nachricht auf der Mailbox. Am Vormittag fuhr Lisa mit ihrem Rad zur Pension und entdeckte Klara beim Abdecken des Frühstücksgeschirrs. Sie bot ihr ihre Hilfe an. Da Klara die Pension mit ihren wenigen Zimmern zumeist allein meistern konnte, hatte sie die Möglichkeit, sich ihre freie Zeit gut einzuteilen. Alles basierte auf Vertrauensbasis. Die Gäste zahlten bei der Buchung. Sollten sie während ihres Aufenthaltes etwas benötigten, hinterließen sie Klara eine Nachricht auf ihrer Mailbox oder ganz Oldschool in einem Notizbuch. Die meisten ihrer Gäste waren Radfahrer oder Surfer. Viele liebten die direkte Lage am Meer. Für Lisa waren es mit dem Rad nur ein paar Minuten über den Deich bis zu dem kleinen Fischerdorf. Hier gab es nicht viel. Nur das kleine

Bistro von Thea mit einer großen Rasenfläche, wo die Surfer, Kiter und andere Besucher einen chilligen Tagesausklang genießen konnten.

Klara hatte Lisa gebeten, sie nach Kiel zu begleiten, um einige Besorgungen zu erledigen. Da sie nichts anderes vorhatte, setzte sie sich zu ihr ins Auto. Die Beiden verbrachten den Nachmittag gemeinsam in Kiel. Während der Hinfahrt schwiegen sie und hingen ihren Gedanken nach. Auf der Rückfahrt brach das Eis und sie unterhielten sich über Gott und die Welt. Klara offenbarte, sie fühlte sich manchmal allein und hin und wieder richtig einsam. Obwohl durch die Pension viele Menschen um sie herum waren. Klara hatte einen kleinen Anbau an die Pension bauen lassen und lebte nebenan. Über eine Seitentreppe gelangte sie in ihre Wohnung. Zudem hatte sie sich eine Dachterrasse auf das Dach ihrer Garage bauen lassen. Lisa schlug vor, sich regelmäßiger miteinander zu treffen. Zum Joggen, Radfahren, Kochen oder einfach nur zum Quatschen. Klara war froh um diesen Vorschlag. Sie freute sich auf die gemeinsame Zeit.

4. Kapitel

Mittlerweile waren ein paar Wochen vergangen. Die wärmeren Tage ließen Lisa viel Zeit draußen verbringen. In ein paar Tagen sollte der Surf Kurs, zu dem sie sich angemeldet hatte, beginnen.
Sie hatte es geschafft, sich ein neues Profil auf einer Dating Plattform anzulegen. Ihr Name dort lautete IDA. Auf ein Foto hatte sie verzichtet. Es hatte sie ein wenig Überwindung gekostet, aber ihren eigenen Namen wollte sie dort nicht verwenden. So entschied sie sich für IDA. Tief in ihrem Inneren kam Lisa ein Gedanke:

„Lea lernte ich auf diesem Wege kennen."

Sie verwarf diesen Gedanken schnell wieder, nahm sich ihr Buch mit nach draußen und begann in ihrem Garten zu lesen.

Tage später loggte sie sich in ihr Portal. Zwei neue Nachrichten von unterschiedlichen Userinnen ploppten auf. Lisa antwortete. Sie schrieben sich ein paar Mal hin und her. Mehr entwickelte sich nicht.

Lisa sah nach den Pfingsttagen Ende Mai in ihr

E-Mail-Postfach. Eine neue Mitteilung des Dating Portals ploppte auf und signalisierte ihr, dass sie eine neue Nachricht bekommen hatte. Lisa loggte sich in das Portal und begann zu lesen.

Vom Profilbild war sie nicht ihr Typ, aber ihre Schreibweise ließ Lisa aufhorchen.

„Ein ähnlicher Wortlaut wie Lea ihn anfangs beim Kennenlernen verwendete.", schoss es Lisa in den Kopf. Sie atmete schwer, besah sich das ihr unbekannte Foto genauer und loggte sich wieder aus. Ihre Gedanken begannen zu rasen. *„Was ist, wenn es wirklich Lea ist… Nein, das kann nicht sein!"* Der Name des Profils lautete *Mareike*, als Überschrift hatte sie gewählt: *„Keine Übernachtung - Kein Frühstück!"* Als Wohnort las Lisa *„In der Umgebung von Hamburg."* Ein dehnbarer Begriff. Das Bild von Mareike hatte keine Ähnlichkeit mit Lea, aber das hatte bei einem Dating Portal nicht unbedingt etwas zu bedeuten. Offensichtlich war sie auf der Suche nach einer Affäre. Da war Lisa sich schnell sicher. Sie musste antworten, um herauszufinden, ob sich tatsächlich Lea hinter diesem Profil verbergen konnte.

„War Lea wirklich nach Hamburg gekommen?" Lisa dachte nach, ob sie Lea gegenüber jemals ihre Kate erwähnt hatte. *„War es möglich, dass sie mir in den Norden gefolgt ist?"* Lisas Gedanken

43

rasten. An Zufall glaubte sie nicht. Um das herauszufinden, musste Lisa sich in ihr Profil einloggen und Mareike antworten. Außerdem wollte sie wissen, was sie bewogen hatte, auf ihr Profil zu gehen, um Lisa zu schreiben. Sie begann ein paar Zeilen zu schreiben und wollte schließlich mit den Worten enden *„ich freue mich wieder von dir zu hören. Viele Grüße Li…Verdammt! IDA… du musst als Ida antworten!"*, zuckte Lisa zusammen. Sie änderte den Namen in Ida und schickte ihre Nachricht ab. Zum Abendessen schmierte sie sich ein Brot mit Tilsiter und holte sich eine Flasche alkoholfreies Bier aus dem Kühlschrank. Die kühle Flüssigkeit tat gut. Genussvoll schloss sie die Augen.

Es vergingen knapp vier Wochen, ehe Lisa Ende Juni eine Antwort von Mareike bekam. Sie hatte in der zweiten Juni Woche ihren Auffrischung Surf Kurs abgeschlossen und war froh um die Abwechslung, die sie dadurch gefunden hatte. Die Bedingungen waren ideal. Der leichte Wind kam ihr sehr entgegen. Die ersten Stunden nahm Lisa vormittags und wechselte, nachdem sie den Dreh wieder heraushatte, das Rigg zu halten und Wendemanöver zu fahren, auf den Nachmittag. Der Wind frischte nachmittags auf. Es machte ihr sichtlich mehr Spaß. Die Saison war noch jung und Lisa vereinbarte ein paar zusätzliche Einzelstunden, um den Beachstart hinzubekommen. Der Beachstart funktioniert überall dort, wo das Wasser im Uferbereich sehr flach ist. Perfekt üben kann man in knietiefem bis maximal hüfthohe Wasser. Genauso ein Revier fand Lisa in der Nähe der Kate vor, wo sich die Surfschule befand. Sie lieh sich ein Surfboard aus und freute sich über ihre Fortschritte. Tom von der Surf- und Segelschule bot Lisa an, sich das Surfboard oder den Laser, eine kleine Segeljolle, auszuleihen. Sie könnte dafür bei ihm aushelfen. Am Beginn der Saison, der in diesem Jahr später, als gewöhnlich ausfiel, fehlten Tom Saisonkräfte. Er war froh, dass sie sein Angebot annahm. Sie wohnte in der Nähe und konnte bei Bedarf spontan einspringen. Für Lisa bot sich so die Gelegenheit zum Segeln, ohne sich gleich ein eigenes Boot zulegen zu müssen. „Eine win win Situation für uns.", freute sich Tom. Lisa nutzte sofort das Angebot und takelte den Laser auf. Sie schnappte sich eine Schwimmweste sowie einen Neoprenanzug aus dem Container. Tom ließ sich von Lisas Segelkenntnissen überzeugen. Nach dem zweiten erfolgreichen Kentermanöver zeigte er seine erhobenen Daumen. Lisa konnte unbeobachtet weitersegeln. In dem Neo war es gut auszuhalten.

Mit dem auffrischenden Wind hängte sie sich in die Ausreitgurte. Mit Tom entwickelte sich eine gute Freundschaft. Mitunter verbrachten sie zu dritt, gemeinsam mit Klara, Zeit. Lisa hatte sich auf der Insel eingewöhnt.

Mit dem Lesen von Mareikes Antwort hatte sie sich bewusst Zeit gelassen. An diesem Mittwochabend war sie bereit. Sie loggte sich in ihr Profil und überflog die Zeilen. Mit jedem Wort war sie sich sicherer, es könnte sich wirklich um Lea handeln. Um ihre Zweifel zu beseitigen, musste sie sich mit Mareike treffen! Nach ein paar Nachrichtenwechsel schrieb Lisa schließlich:
„Hej Mareike, danke für deine Antwort. Hast du Lust auf ein Treffen?" Mareikes Antwort ließ nicht lange auf sich warten. *„Wann und wo?"*
„Gute Frage…" Lisa überlegte sich einen günstigen Treffpunkt. Stellte sich heraus, Mareike war in Wirklichkeit Lea, wollte sich Lisa nicht sofort zu erkennen geben. Was wäre, wenn Lea die Flucht ergreift und sie keine Chance bekommt, um Näheres über den Überfall zu erfahren. Was aber wäre aber, wenn sie völlig falsch lag und bei der Begegnung nicht auf Lea trifft. Die Ungewissheit raubte ihr den Atem.

Ein paar Tage später entschied Lisa, sich bei Sandra zu melden, um sich nach Neuigkeiten zu erkundigen. *„Nein, Lisa, tut mir leid, wir stochern immer noch im Dunkeln."*, war die Zusammenfassung ihres ernüchternden Gespräches.

Lisa schrieb Mareike am Montagabend schließlich eine Nachricht. Sie schlug vor:
„Freitag (14. Juli) 20:00 Uhr in Hamburg Lange Reihe Ecke Schmilinskystrasse?!?"
„Nur nicht irgendwo drinnen…", sagte sie sich.
„Gern…", lautete Mareikes Antwort am nächsten Tag. Lisa erschrak über das einzelne Wort. Genau so war Lisas Antwort immer, wenn Lea nach einem Date gefragt hatte. War es möglich? Sollte sie mit Lea in Kontakt sein? Die Gedanken und ihr Herz begannen zu rasen. Es war erst Dienstag. Lisa zermarterte sich in den nächsten Tagen den Kopf über das Date am Freitag. Sie malte sich verschiedene Szenarien aus. Das Einfachste wäre, wenn Lea ihr nicht gegenüberstehen würde. Auf der anderen Seite wünschte sich Lisa nichts sehnlichster als die Erklärung und Aufklärung des Überfalls.
„Ich muss mich ablenken,", sagte sie sich und wählte Klaras Handynummer.
Nachdem nur Klaras Mailbox ansprang, hinterließ Lisa eine Nachricht und fuhr zur Surfschule

rüber. *„Vielleicht kann ich Tom unterstützen."m* überlegte sie sich. Dieser war gerade dabei, die Surfsegel zu überprüfen, um sie anschließend neu zu sortieren. Lisa kam für ihn gerade wie gerufen.

„Wie bist du eigentlich zu diesem Spot gekommen?", wollte Lisa wissen, nachdem sie bei den Surfsegeln fertig waren. Soweit sie wusste, gab es hier früher keine Surf- oder Segelschule. „Mit Geduld und viel Überzeugungskraft. Die Gemeinde war anfangs dagegen. Sie hatten wohl Befürchtungen, hier würde ein Party Hotspot entstehen." Tom verdrehte die Augen. „Mittlerweile wird die Schule sehr gut akzeptiert. Sogar von manch Einheimischen wird sie weiterempfohlen." Tom zwinkerte vielsagend.

„Lust auf eine Runde Kat segeln?" „Klar, da bin ich dabei!" Lisa war sofort begeistert.

Einen Grundkurs im Katamaran segeln hatte sie vor ein paar Jahren auf der Ostsee in der Lübecker Bucht erfolgreich mit dem Segelschein abgeschlossen. Zum Segeln auf einem Kat war sie allerdings nur einmal im Urlaub vor Fuerteventura gekommen. Ansonsten fehlte ihr die Zeit. Beide trafen sich wenige Minuten später, nachdem sie sich ihre Neopren Anzüge, sowie ihre Schwimmwesten, angezogen hatten, am Wasser. Der Katamaran wurde aufgetakelt, indem sie die Segel setzten. Gemeinsam schoben sie den Rumpf ins flach abfallende Wasser und sprangen an Bord. Lisa betat sich als Vorschoterin. Tom saß auf dem hinteren Teil des Trapezes und ließ die beiden Ruderblätter ins Wasser gleiten. Der Wind hatte aufgelebt. Tom steuerte einen Halbwindkurs. Um mehr Spaß zu haben, luvte er an. Eine der beiden Kufen schoss aus dem Wasser. Lisa konnte sich ins Trapez hängen. Tom stellte sich ebenfalls hinein. Sie fegten eine gute Stunde über die Ostsee. Ausgepowert kehrten sie zur Segelschule zurück. Den Kat ließen sie am Strand liegen. Es hatten sich zwei Segelschüler angekündigt. Lisa übernahm, während Tom auf dem Wasser war, die Aufsicht der Segelschule. Ihre Gedanken begannen um ihr bevorstehendes Date zu kreisen. Lisa gelang es nur schwer, sich abzulenken. Sie verfolgte Tom mit seinen Segelschülern auf dem Wasser.

„Was passiert, wenn Lea mir am Freitag gegenübersteht." Das Gedankenkarussell wollte nicht stillstehen. *„Würde ich sie überhaupt erkennen? Was ist, wenn sie mich zuerst erkennt und vor mir flüchtet?"* Lisa zerwühlte sich ihr Haar.

„Entschul…" Aus ihren Gedanken gerissen, wandte Lisa sich um. Zwei junge Frauen lächelten sie an. „Hej Mädels!" „Hallo, wir würden uns gerne zum Kite Anfänger Kurs anmelden."

Lisa setzte sich an Toms Tablet. „Ah shit, ich habe die Zugangsdaten für das Tablet nicht. Wollt ihr warten, bis Tom zurück ist? Oder kann ich eine Handynummer bekommen?" Lisa deutete auf den segelnden Tom vor dem Strand. „Klar, meine Nummer kannste haben!" zwinkerte die größere der beiden Mädels. Lisa notierte die Nummer für Tom auf einen Zettel. Ein wenig enttäuscht, weil Lisa die Nummer nicht in ihr eigenes Handy speicherte, blickte die größere der Beiden aufs Wasser. „Können wir dich auch für den Kurs buchen?" Lisa lächelte. „Nein, eine Trainerlizenz zum Kiten habe ich nicht." Sie zuckte mit den Schultern. „Aber wenn wir den Kurs gemacht haben, könnten wir doch mal zusammen kiten?" „Ich kite auch nicht, tut mir leid.", zwinkerte Lisa zurück. „Schade. Bist du auch im Urlaub?" „Ne, bin ich nicht." Lisa begann zu lachen. „Dann arbeitest du fest hier?" „Auch das nicht. Hin und wieder helfe ich Tom." „Okay, ich gebe auf!" „Jetzt schon?", sah Lisa sie lächelnd an. „Wie heißt ihr denn? Ich brauche noch eure Namen oder zumindest einen für die Handynummer." „Ich bin Mareike." Lisa zuckte sichtlich zusammen und erschrak bei dem Namen. „Na so schlimm ist der nun auch wieder nicht!" echauffierte sich die Größere. „Nein, sorry. Natürlich nicht. Ich war gerade in Gedanken. Tut mir leid. Ich bin Lisa. Wie gesagt, den Kite Kurs macht ihr mit Tom." „Lisa…geheimnisvoll. Ok, Danke. Bis später vielleicht mal." „Ja, bis dann." erwiderte Lisa. Sie wandte sich um, stützte sich auf den Schreibtisch und atmete tief ein und aus. *„Mareike, ausgerechnet Mareike!"*, durchfuhr es sie. Lisa senkte den Kopf herunter und raufte sich ihre kurzen blonden stoppeligen Haare. Hoffentlich war bald Freitag. Diese Ungewissheit raubte ihr die Energie. Tom kehrte vom Strand zurück. „Alles ok bei dir?" Verwirrt blickte Lisa auf. „Warum fragst du?" „Du siehst aus, als hättest du einen Geist gesehen." „Danke für das Kompliment." Lisa missglückte ein selbstbewusstes Lächeln. „Geht schon, ich glaube ich stehe im Moment ein wenig neben mir. Brauchst du mich noch, oder kann ich erstmal wieder verschwinden?" „Sorry, war nicht so gemeint. Nö, ich komme allein klar. Danke dir nochmal." Tom blickte Lisa tief in die Augen. Lisa lächelte, wandte sich um und machte sich auf den Weg zurück zur Kate. Sie wechselte in ihre Joggingschuhe, zog ihre Laufjacke vom Bügel, bevor sie sich auf den Weg zum Strand begab. Mit ihrem Kopfhörer auf den Ohren lief sie los. Sie sprintete über den Sand, als wäre der Teufel hinter ihr her. Ausgepowert blieb sie stehen, beugte sich vor. Die Hände stützte sie auf die Knie. Schwer atmete Lisa. Sie richtete sich auf. Der Wind blies ihr um die Nase. Zurück zur Kate lief sie im gemäßigten Tempo. Die anschließende Dusche tat ihr gut.

Am Abend öffnete Lisa sich eine Flasche lieblichen Weißwein. Zum Essen hatte sie sich Spagetti mit Garnelen, Tomaten und Knoblauch kreiert. Nach dem zweiten gut gefüllten Teller griff sie zu ihrem Glas und ließ sich auf ihr Sofa fallen. Ablenkung fand sie in der ARD-Mediathek auf ihrem Laptop. Einen Fernseher hatte Lisa nicht. Es war bereits nach Mitternacht, als sie sich in den oberen Bereich in ihr Bett legte. Lange lag sie wach, ehe sie erschöpft einschlief.

5. Kapitel

Mittwochmorgen rieb Lisa sich die Augen, als ihr Wecker bereits auf kurz vor zehn zeigte. Sie reckte und streckte sich, schwang ihre Beine über die Bettkante. Leicht fröstelnd stieg sie die Holztreppe hinunter. Die Kaffeemaschine lief bereits, als Lisa unter die Dusche stieg. Sie rubbelte sich die Haare trocken, zog sich eine blaue Jogginghose, sowie ihren schwarzen

Kapuzenpulli über das weiße Top. Von ihrem letzten Einkauf nahm sie sich eine Banane und einen Apfel aus ihrer Obstschale. Beides schnitt sie in Stücke in eine kleine Schale, füllte Hafermilch, Joghurt und Müsli hinzu.

Die ersten Sonnenstrahlen lugten zwischen den Wolken hervor. Lisa holte sich eine leichte Decke, stellte die Müslischale, sowie den Becher mit dem dampfenden Kaffee auf den Holztisch, der vor der Kate stand. Nichts war so wunderbar wie ein Frühstück draußen in dem kleinen Garten. Um die Mittagszeit hatte sich Lisa mit Klara in der Pension verabredet. Den Vormittag nutzte sie zum Einkauf. In den nahegelegenen Hofladen fuhr sie mit ihrem Rad. Ein paar Worte wechselte sie mit Inga, der Besitzerin, bevor sie ihren Einkauf in die Satteltaschen und dem Rucksack verstaute.

Nachdem Lisa ihren Einkauf im Kühlschrank und den Vorratsschränken eingeräumt hatte, schnappte sie sich ihr schwarzes Mountainbike. Bevor sie zu Klara fuhr, schaute sie bei Tom in der Surfschule vorbei. Der Container war verschlossen. Sie blickte sich um. Einer der Kats lag nicht an seinem Platz. Tom segelte draußen auf der Ostsee. Für einen Augenblick nahm sie auf einem der Liegestühle Platz und verfolgte seine Segelmanöver.

Nach einem Blick auf die Uhr, sprang Lisa auf und fuhr eilig zu Klara. Für den heutigen Nachmittag hatten sie sich für eine Radtour auf der Insel verabredet. Der Wind hatte aufgefrischt. „Hej Klara, alles gut bei dir?" Klara räumte in ihrem Schuppen ein paar Dinge zur Seite, ehe sie an ihr grünes Gravel Bike kam. „Moin, ja ich bin gleich so weit. Hast du schon eine Idee, wohin wir fahren?" „Lass uns in Richtung Brücke radeln. Von da aus können wir weiter zur Wasserski Anlage. Wenn du Lust hast, futtern wir dort einen Happen." „Das klingt prima. Hast du eine Regenjacke dabei?" Klara blickte auf die dunklen Wolken, die sich am Horizont auf die Insel zu bewegten. „Nö! Die Wolken kommen hier nicht rüber!" „Wenn du es sagst! Ich packe sicherheitshalber eine ein. Dann können wir starten." Klara verschloss die Tür zum Schuppen, nahm zwei Stufen auf einmal und sprang in die geöffnete Haustür. Das mit ihrer Handynummer versehene Schild platzierte sie an der Pensionstür. *„Ich bin unterwegs. Für den Notfall bitte auf dem Handy anrufen. Liebe Grüße Klara.",* las Lisa auf dem Hinweisschild für Klaras Pensionsgäste. „Hast du viele Gäste im Moment?", wollte sie wissen. „Heute früh sind Gäste abgereist. Die Nächsten kommen am Freitag. Im Moment sind 2 Zimmer belegt. Ab dem

Wochenende bin ich ausgebucht." „Das hört sich gut an.", freute sich Lisa. Beide stiegen auf ihre Räder. In Richtung Fehmarnsundbrücke kamen sie an zwei kleinen Häfen vorbei. Die Boote schaukelten durch den Wind in ihren Boxen auf und ab. Auf dem Deich entlang fuhren sie in Richtung Zubringerbrücke, die Fehmarn mit dem Festland verband. Unterhalb konnten sie diese passieren. Klaras Bremsen quietschten, als Lisa vor ihr stehengeblieben war. „An dieser Stelle bin ich schon als Kind gern gewesen und habe den Segelschiffen nachgeschaut, die sich in Richtung Dänemark oder Schweden aufgemacht hatten." „Ja, ich erinnere mich. Ein paar Mal sind wir als Kinder hier her geradelt, weißt du noch?" Klara blickte augenzwinkernd. „Na klar und meistens war es dunkel, als wir ohne Licht über den Deich gefegt sind." Lisa schloss ihre Augen. „Da war die Welt noch in Ordnung." „Ist sie das jetzt nicht?", erschrak Klara. Einen Moment überlegte Lisa, entschied sich aber, Klara weiterhin nichts von dem Überfall in Frankfurt zu erzählen. „Sie ist anders. Wir sind vermutlich nur erwachsen geworden." Lisa zuckte mit den Schultern, stieg auf ihr Rad und trat in ihre Pedalen. „Los, komm du Schnecke!" „Na warte, dich krieg ich allemal!" Klara fegte hinterher. Als sie bei der Wasserski Anlage

eintrafen, stellten sie ihre Räder in den Fahrrad-
ständer, schauten einen Moment auf das Treiben und sicherten sich einen Platz, von wo aus
sie einen guten Blick auf die Bahn der Anlage
hatten. „Pommes oder Kuchen?" Klara schaute
Lisa fragend an. „Gern ein Stück Apfelkuchen
mit einem Becher Kaffee und du?" Klara warf
einen Blick in die Karte. „Ich glaube, ich nehme
den Käsekuchen und einen Cappuccino." „Gute
Wahl, ich hole beides." Lisa schwang sich aus
dem Liegestuhl. Wenig später stand sie mit einem Tablett vor Klara. „Et voilá, bitte schön."
Klara nahm die beiden Teller, stellte sie auf die
bereitgestellte Holzkiste vor den Stühlen. Lisa
reichte ihr die Tasse Cappuccino und setzte sich
mit ihrem Becher Kaffee ebenfalls in einen Liegestuhl. Interessiert schauten sie dem Treiben
der Wasserski Anfänger zu. „Hast du das schon
mal probiert?" Klara deutete auf die Anlage.
„Bisher noch nicht. Du?" „Nein, ich auch nicht.
Wollen wir das mal zusammen ausprobieren?"
Sie blickte Lisa fragend an. „Können wir gern
mal machen, wenn du Lust hast.", erwiderte sie.
Zufrieden lehnte sich Klara zurück. Sie genoss
die gemeinsame Zeit mit Lisa sehr. „Hallo,
Lisa." Mareike steuerte mit einer Cola in der
Hand winkend auf Lisa zu. „Hej!" „Kann ich
dich zu einer Runde Wasserski animieren?"

Unverblümt gesellte sich Mareike hockend zwischen Klara und Lisa. Klara blickte irritiert von unten nach oben. „Heute nicht.", zwinkerte Lisa. „Schade! Wir sehen uns." Ohne Klara eines Blickes zu würdigen, erhob sich Mareike und wechselte zu ihrer Freundin an den Tisch. Lisa schielte zu Klara hinüber. „Kiteschülerinnen." Klara schaute auf die beiden jungen Frauen. „Na, dann." Mareike schien offensichtlich großen Gefallen an Lisa zu haben. Immer wieder suchte sie ihren Blickkontakt. Klara spürte einen Stich im Herzen. „Wollen wir weiter?" Lisa war die Situation unangenehm. Sie reichte Klara demonstrativ ihre Hand. „Ja, komm, sonst verlierst du noch deine Klamotten. Diese Blicke sind ja mehr als eindeutig." Klara griff Lisas Hand und ließ sich aus dem Liegestuhl hochziehen. Beide stellten ihr Geschirr in den Tablett Wagen. Zurück bei ihren Rädern, schaute Klara zu Mareike hinüber. „Du lernst schnell Frauen kennen, oder?" Irritiert blickte Lisa hoch. „Wie kommst du jetzt darauf? Nein, eigentlich nicht. Hin und wieder mal ein Flirt, ein Lächeln, das schon, ja. Sonst aber eher nicht." Vielsagend lachte sie Lisa offen an. Ihre Radtour setzten sie fort. Sie war sich doch so sicher, Klara sei hetero, verwarf diesen Gedanken jedoch schnell wieder, als sie am Binnensee ankamen. Ein weiterer Surf- und Kite Hotspot der Insel. „Ich ärgere mich, dass ich damals nicht beim Surfen geblieben bin." „Das verlernst du doch nicht. Ein oder zwei Stunden und du bist schnell wieder drin. Komm bei der Surfschule vorbei. Tom hat sicher nichts dagegen, wenn wir uns zwei Bretter außerhalb der Öffnungszeiten borgen." „Stimmt, du bist ja an der *Quelle*." Klara deutete bei dem Wort Quelle Anführungszeichen in die Luft. „Am Wochenende vielleicht?" „Wenn die Pension mich ziehen lässt, klar." Nichtsahnend schaute Lisa den Surfern auf dem Binnensee zu. Über den schmalen Deich neben dem See gelangten sie weiter zu dem Südstrand. „Diese Hotelhochburgen finde ich ganz schrecklich. Wer bitte schön macht hier gerne Urlaub?", sinnierte Klara vor sich hin. „Gute Frage. Das habe ich mich auch schon des Öfteren gefragt, wenn ich hier vorbeikomme. Zum Glück haben wir oben bei uns diese Dinger nicht vor der Nase." „Komm schnell weiter!" Klara preschte in die Pedale. Lisa hatte Mühe, ihr zu folgen.

Am Abend, als sie zurück von ihrer Tour waren, verabschiedeten sie sich vor der Pension. Klara stieg von ihrem Rad und drückte Lisa wie selbstverständlich zum Abschied einen Kuss auf die Wange. Schnell drehte sie sich um und verschwand in ihrem Schuppen. Einen Moment stand Lisa verwirrt mit ihrem Rad in der Hand vor der geschlossenen Pforte. Mit ihrer linken Hand strich sie sich vorsichtig über ihre Wange, so hatte sich Klara noch nie von ihr verabschiedet. Sie schüttelte den Kopf, als wollte sie wieder zur Besinnung kommen. Zeit zum Nachdenken blieb ihr in diesem Augenblick nicht, als Tom ihr freudestrahlend entgegenjoggte. „Moin Lisa, hast du morgen Vormittag Zeit für eine Kat Schnupper Stunde? Traust du dir das zu?" „Hej, ja klar! Das kann ich einrichten. Wenn du sagst, es ist für dich ok" „Prima, die Schüler kommen um zehn." „Ok, dann bis morgen." Tom hob den Daumen und lief im gemäßigten Tempo weiter.

Am Abend, als Lisa ihren Laptop nach neuen Nachrichten durchstöbert hatte, erinnerte sie sich an die Abschiedsszene mit Klara. Sie hatte sich nie Gedanken gemacht oder mit Klara über ihr Liebesleben gesprochen. Sie schob den Gedanken, ohne weitere Bedeutung, beiseite. Lisa legte sich früh schlafen, um am nächsten Tag pünktlich in der Surfschule zu sein.

6. Kapitel

Mit Schoko Croissant in der Hand, betrat Lisa Donnerstagmorgen den Surfcontainer. „Hej Tom. Magst du eins haben?" Lisa hielt ihm ein Croissant unter die Nase. „Moin, super. Danke, da sage ich nicht nein. Magst du einen Kaffee dazu?" Tom deutete auf die Kaffeemaschine. Mit vollem Mund nickte Lisa ihm zu. Kurz vor zehn blickte Lisa aus dem Fenster des Containers. „Sind *das* deine Schüler?" Lisa deutete Tom nach draußen. „Ich vermute mal schon. Ich hatte sie gestern nur am Handy."

Innerlich verdrehte Lisa die Augen. Einen letzten Schluck Kaffee genoss sie mit geschlossenen Augen, ehe sie vor den Container trat. „Hej ihr zwei." Durch ihre schwarzen Gläser der Sonnenbrille war Lisas Blick nicht zu deuten. „Hallo Lisa, hat es geklappt? Zeigst du Tina und mir ein bisschen das Segeln?", provokant lächelte Mareike.

„Jo, sieht gut für euch aus. Glück gehabt! Ihr habt euch für eine Schnupperstunde entschieden." Tom blickte irritiert in die Runde, wandte sich jedoch sogleich an seine Kite Schülerin.

„Okay, dann kommt mal rein und probiert einen Neoprenanzug an." Lisa deutete auf den hinteren Teil des Containers, wo sich Neos, sowie Schwimmwesten befanden.

An Tina gewandt fragte sie: „Habt ihr schon mal gesegelt? Eine Jolle zum Beispiel oder als Kind einen Opti?" „Also ich noch nicht." „Ich bin ein paar Mal mitgesegelt, aber allein auch noch nicht.", antworte Mareike aus dem Container blickend.

Lisa reichte beiden eine Schwimmweste. „Welche Schuhgröße habt ihr?" „39." „Ich habe 40." Mareike reichte Tina die kleinere Größe. Zu dritt gingen sie zu den drei am Strand liegenden Katamaranen.

Lisa zeigte ihnen den Kat und erklärte einige Grundbegriffe, ehe sie die Segel anschlug und einen der Katamarane auftakelte. Mit angelegten Schwimmwesten schoben sie den Kat zu dritt vom Strand in das klare seicht abfallende Wasser. Lisa ließ beide auf das Trapez springen und Platz nehmen. Dann schob sie den Kat tiefer ins Wasser und sprang ebenfalls hinauf. Der angenehm leichte Wind war die ideale Voraussetzung für einen entspannten Törn. Lisa segelte unter Halbwindkurs vorm Strand hin und her. „Und, wer von euch möchte mal das Ruder übernehmen?" „Echt jetzt?" Tina war sofort Feuer und Flamme, hatte sie mit dieser Möglichkeit überhaupt nicht gerechnet. „Klar, komm her."

Nach ein paar Einweisungen übernahm Tina die Pinne. „Mit anluven drehst du den Bug des Kats zum Wind und ziehst das Segel etwas dichter. Beim Abfallen ziehst du das Ruder zu dir, bis du spürst, dass der Bug aus dem Wind geht. Das Segel fierst du etwas auf."

„Yeeeeeaaaaaahaaaa, ist das cool!" Tina hatte sichtlich Spaß beim Segeln, während Mareike nur darauf aus war, Lisa zu beobachten. „Alles ok?" Lisa blickte Mareike direkt in die Augen. „Ich genieße jeden Moment!" „Na dann." Lisa wandte sich Tina zu, die wesentlich mehr Interesse am Segeln zeigte.

Gut neunzig Minuten später kehrten sie zum Strand zurück. Alle drei sprangen vom Kat ins Wasser und zogen ihn mit wenigen Handgriffen sicher auf den Sand. Lisa ließ die Segel herunter und fixierte den Kat am Strand. Ihre Schwimmweste klemmte sie unter das Segel, um sich den Neoprenanzug bis auf den Bauchnabel herunterzuziehen. Von diesem Anblick war Mareike derart angeturnt.

Klara kam gerade zur Surfschule herübergefahren, um mit Tom zu klären, ob sie ein paar Surf Auffrischungsstunden nehmen könnte, wenn Lisa dabei wäre. Da die Surfschule verschlossen war, setzte sich Klara in einen der Liegestühle und beobachtete die Szenerie am Strand. Niemand nahm Notiz von ihr. Auch Lisa, die mit dem Rücken zur Surfschule stand, bemerkte sie nicht.

Mareike trat auf Lisa zu, legte ihre Hände auf die Hüfte, stellte sich vor ihr und verpasste Lisa einen innigen Kuss. Klara fühlte diesen Kuss wie eine Ewigkeit. Mit aufgerissenen Augen blickte sie auf Lisa, die sich nicht zu wehren schien. Sie sprang aus dem Liegestuhl, stolperte leicht und rannte zu ihrem Fahrrad. Sie blickte sich flüchtig um. Lisa hatte sie nicht bemerkt.

Entrüstet nahm Lisa Mareikes Hände und befreite sich aus der Umarmung. „Geht's noch?" „Nun stell dich doch nicht so an. Ein bisschen Spaß werde ich doch wohl haben dürfen." Mareike blickte Lisa pikiert an. „Kannst du, aber sicher nicht mit MIR, verstanden!" „Ist ja gut. Sorry. Ich dachte, es würde dir gefallen." „Ok, lasst uns die Klamotten zurückbringen." Tina hatte von diesem Vorfall nichts mitbekommen. Sie war verwundert, dass die Stimmung bei Lisa gekippt war. „Alles ok bei euch?" „Bei mir schon." Lisa mühte sich zu einem Lächeln.

„Tut mit wirklich leid, Lisa! Darf ich dich morgen Abend zu einem Drink einladen?" Mareike versuchte, Lisa versöhnlich zu stimmen. „Keine Zeit!", antwortete Lisa bestimmt. Tom sprang vergnügt in den Container. „Na Mädels, alles ok. Hat's Spaß gemacht?" „Total, war richtig cool. Wir sind noch bis Mittwoch hier. Vielleicht ergibt sich nochmal eine Möglichkeit." Tina strahlte über das ganze Gesicht. Ihre Augen funkelten. „Kommt einfach vorbei. Wenn Lisa nicht da ist, fahre ich mit euch raus." „Oooookay." antwortete Mareike gedehnt. Lisa ging wortlos an ihr vorbei.

Klara stellte ihr Rad zurück in den Schuppen. Die Szenerie am Strand ging ihr nicht aus dem Kopf. Sie könnte heulen. Was war nur los? Warum brachte sie die Szene mit Lisa und dieser Frau derart aus der Fassung? Hatte sie sich in Lisa verliebt? Sie war fasziniert von ihr. Schon immer. Früher wollte Klara es sich nicht eingestehen. Aber vom ersten Tag an, als Lisa nachts vor ihrer Pensionstür stand und sie ahnte, Lisa würde jetzt vielleicht für immer auf die Insel zurückkehren, spürte sie, etwas hatte sich in ihr verändert. Ihr Herz schlug wie verrückt. Jedes Mal, wenn sie Zeit miteinander verbrachten. Klara erschrak, als ihr Handy in ihrer Jackentasche vibrierte. „*Hej, ich habe mit Tom gesprochen. Wenn du Zeit und Lust hast, können wir am Samstag ab 16:00 Uhr zwei Boards bekommen. Ich würde mich freuen.*" Ein Umarmungsemoji glotzte sie an. *„Sie hat mich nicht gesehen. Lisa hat mich nicht bemerkt!"*, schoss es Klara in den Kopf. Sie ließ den Kopf in ihre Hände sinken. Tränen kullerten über ihre Wangen.

Lisa steckte ihr Handy zurück in den Rucksack, nahm sich ein Handtuch und ging zum Strand hinunter. Mareike und Tina hatten sich verabschiedet. Tom lief ihr nach. „Warte! Ich komme mit." Froh über die Ablenkung, drehte Lisa sich um. Parallel rannten sie los. Das Wasser spritzte auf. Tom hechtete sich hinein. Er schüttelte das Wasser aus seinen blonden Locken, als er wieder auftauchte. Sie machte es ihm nach. Nebeneinander kraulten sie ein paar Meter durch das erfrischende Nass.

„Was für ein geiler Spot." Tom schmiss sich auf den Rücken und strampelte mit den Beinen. Lisa schwamm hinter ihm her. „So kann man es aushalten.", lachte sie. Die Pause tat beiden sichtlich gut. Zum Nachmittag hatten sich ein paar Kids zum Surf Kurs angemeldet. Lisa stieg mit ein und unterstützte Tom. Sie griff nach einem SUP-Board, setzte sich hinauf und ließ die Beine seitlich im kühlen Wasser baumeln. Tom blieb vorerst am Strand und gab von dort seine Anweisungen. Geduldig erklärte er die ersten Schritte. Die theoretischen Trockenübungen hatte die

Gruppe bereits hinter sich. Nach und nach kamen die Segel aus dem Meer. An der einen oder anderen Stelle landeten sie sofort wieder im Wasser. Unermüdlich zogen die fünf Jungs an den Schoten, um ihre Segel aus dem Wasser zu bekommen. „Ruhig halten Torben. Halt den Mast ein wenig in der Hand und schau, was der Wind mit dem Board macht. Jetzt führst du die rechte Hand vorn an die Gabel, ziehst den Baum leicht an dir vorbei und führst das Segel mit der linken Hand. Super! Spürst du, was der Wind mit dir macht?! Das Segel nach vorne neigen zum Abfallen und nach hinten ziehen zum Anluven. Sehr gut!" Lisa schaute Torben zu und signalisierte ihm einen erhobenen Daumen. „Lisa, ich schnall das nicht!" „Warte, ich erkläre es dir nochmal." Lisa paddelte zu Frank hinüber. Er war sichtlich überfordert und drohte aus dem abgetrennten Surfer Bereich herauszutreiben. „Stell dich bitte erst einmal so auf das Board mit dem Mast zwischen deinen Füßen. Halt ihn und bekomme ein Gefühl für deine Balance auf dem Board. Sehr gut. Jetzt greifst du mit deiner rechten Hand an den Gabelbaum, ziehst das Segel leicht an dir vorbei. Die linke Hand greift auch zum Gabelbaum. Den Mast leicht nach vorn neigen, damit du etwas Wind in dein Segel bekommst. Super. Den Hintern einziehen. Sehr gut. Den Mast leicht nach hinten ziehen. Siehst du und schon kommst du zurück in unser Revier. Klasse." „Wie war die Wende nochmal?" „Das Segel nach hinten zum Board, rechte Hand an den Mast, vorn um den Mast gehen. Warte noch einen Moment, bis du wieder Wind in dein Segel bekommst. Dann die linke Hand zum Gabelbaum und mit der rechten Hand nachlegen. Den Mast leicht nach vorn neigen. Und schon nimmst du Fahrt auf." Frank hatte das Gefühl zurückbekommen. Er traute sich jetzt etwas mehr zu. Lisa begleitete ihn auf dem Stand Up Board. An der einen oder anderen Stelle gab sie ihm weitere Tipps. Direkt neben Lisas SUP fiel ein Segel ins Wasser. Laut juchzend ließ sich Flo ins Wasser fallen. Sofort zog er sich auf das Board zurück, stellte sich auf seine Füße, nahm die Schot aus dem Wasser und zog langsam Stück für Stück das Segel raus. „Sehr gut, Flo. Das klappt ja schon bei dir."

Flo drehte sich zu Lisa, verlor das Gleichgewicht und fiel laut lachend ins Wasser zurück. „Okay, fast zumindest.", lachte Lisa ihm zu. Prustend zog er sich zurück auf das Board. Erneut zog er das Segel aus dem Wasser. Diesmal blieb Flo standhaft. Der Wind erfasste das Segel. Er nahm sofort wieder Fahrt auf und juchzte laut. Nach zwei Stunden rief Tom die Kids zum

Strand zurück. Gemeinsam takelten sie die Boards ab. Räumten alles neben den Container. Die Neoprenanzüge kamen zum Trocknen auf die Leine, die neben dem Container gespannt war. Ehe Tom sich umschauen konnte, rannten die Kids johlend zum Wasser hinunter. Flos Mutter bereitete Kartoffelsalat, Würstchen, Getränke und Obst auf einer Picknickdecke aus. Tom ließ sich neben ihr in den Sand fallen. „Das lief super mit den Jungs. Ich hoffe sie hatten ihren Spaß." „Das sieht doch ganz so aus. So wie sie rumtoben." Lisa ließ sich ebenfalls in den Sand sinken. „Klasse Idee mit dem Surf Kurs. Die Kids hatten glaube ich eine Menge Fun." Zu fünft kamen sie aus dem Wasser an den Strand gerannt, griffen sich ihre Handtücher und wie aus einem Mund riefen sie. „Hunger!" „Dann lasst es euch schmecken. Viel Spaß noch."
Tom und Lisa zogen sich zurück. Der Wind war mittlerweile fast vollends eingeschlafen. „Ich gehe nochmal mit dem SUP raus." „Klar, mach das. Ich checke ein paar Mails. Bis später." Lisa klemmte sich ein Board mit Paddel unter den Arm, streifte sich ein neues türkisfarbenes UV-Shirt über, schob das SUP in das seichte Wasser und stieg auf. Mit kräftigen Schlägen durchpflügte sie das Meer. Als sie ausgepowert zum Strand zurückgekehrt war, hatte Tom die

Surfschule bereits verlassen. Lisa hatte mittlerweile einen eigenen Schlüssel. Das Board hatte sie zurück auf den Holzständer gelegt. Alle Boards miteinander verschlossen. Ihren Rucksack nahm sie aus dem Container, verschloss ihn wieder, schnappte sich ihr Rad nach Hause. Eine Dusche war jetzt genau das Richtige. Lisa spürte den wohlig warmen Wasserstrahl auf ihrem Rücken. Wenig später stieg sie aus der Dusche und hüllte sich in ein flauschiges dunkelgraues Duschtuch. Das Teewasser sprudelte in ihrem Wasserkocher. Trotz der warmen Temperaturen Mitte Juli fühlte Lisa eine innere Kälte. Eine heiße Zitrone mit frischem Ingwer sollte da Abhilfe schaffen. Sie goss das heiße Wasser in ihren Becher, nahm sich eine Packung Kekse und ließ sich auf das Sofa fallen. Lisa nahm ihr Handy zur Hand. Klara hatte ihre Nachricht noch nicht beantwortet. Lisa vermutete, sie hätte noch keine Zeit gefunden. Sie umschloss ihren Becher mit beiden Händen. Die wohlige Wärme fühlte sich gut an. Für einen Moment hatte sie alles um sich herum vergessen. Bevor sie sich schlafen legte, öffnete sie das Dating Portal auf ihrem Laptop. In ihrem Postfach erschien keine neue Nachricht. *„Also bleibt es bei morgen Abend in Hamburg."* Lisa stütze ihren Kopf in die rechte Hand.

Eine unruhige Nacht stand ihr bevor. Sie wälzte sich von einer Seite auf die andere. Schweißgebadet schreckte sie mitten in der Nacht auf. Die Erlebnisse aus Frankfurt kamen in ihr hoch. Sie verließ ihr Bett, stieg die Treppenstiege herunter und kam mit einer Wasserflasche zurück. Etwas später fand sie ein wenig Schlaf.

7. Kapitel

Es war Freitagmorgen, der 14. Juli. Lisa rieb sich den Schlaf aus den Augen. Lang streckte sie sich in ihrem Bett aus, richtete sich auf und schwang ihre Beine über die Bettkante.

„20:00 Uhr Hamburg." Bei diesem Gedanken bekam Lisa ein mulmiges Gefühl. Sie startete den Tag mit einem ausgiebigen Strandlauf. Ihre Joggingschuhe standen neben der Eingangstür. So wurde sie immer darauf hingewiesen, etwas für ihre Fitness zu tun. In kurzer schwarzer Laufhose und mit einem leichten langärmligen weißen Shirt begann sie ihren Lauf. Erst gemächlich zum Warmwerden, später erhöhte sie das Tempo. Im Vollsprint kehrte sie zurück. Sie dehnte sich ausgiebig. Nach der Dusche freute sie sich auf einen frischen Kaffee und Brötchen,

die sie sich vom Lauf aus der Landbäckerei mitgebracht hatte.

Unschlüssig stand Lisa vor ihrem Kleidungsständer. *„Erkennungsmerkmal schwarze Jeans, weißes T-Shirt und eine blaue Jeansjacke.",* ging ihr durch den Kopf. Sie griff zu einer verwaschenen blue Jeans, einem weißen Langarmshirt und entschied sich für die kurze schwarze Lederjacke. Dazu trug sie blaue knöchelhohe Chucks. Gegen Mittag beschloss Lisa nach Hamburg aufzubrechen. Mit dem Taxi kam sie zum Insel Bahnhof, von wo ein Zug nach Lübeck fuhr. Dort stieg sie um. Die Landschaft zog an ihr vorbei. Ihre Musik aus dem Kopfhörer ließ sie ablenken, um nicht pausenlos an den bevorstehenden Abend zu denken. Pünktlich um kurz vor drei rollte der Zug in den Hamburger Hauptbahnhof. Es war ein wunderschöner sonniger Tag. Die Temperatur fühlte sich trotz der Sonne mit dem leichten Wind angenehm an.

„Noch fünf Stunden!", überlegte sich Lisa.

Sie beschloss den Ausgang in Richtung Mönckebergstraße zu nehmen. Zu einem Stadtbummel war sie zwar nicht aufgelegt, aber irgendwie sollte sie die Zeit rumkriegen. Sie durchschritt die Fußgängerzone. Lisa schaute sich immer wieder um. Ihre Blicke liefen unruhig umher, als könnte sie Lea unter den vielen Menschen ausmachen.

„Bleib entspannt!", mahnte sie sich. Sie schlenderte durch die Europa Passage und gelangte von dort an die Binnenalster. Als sie am Alex am Jungfernstieg einen leeren Tisch auf der Außenterrasse mit direktem Blick auf die Alsterfontäne entdeckte, nahm sie Platz. Hier im Schatten unter der Markise konnte sie es gut aushalten. Sie studierte die Karte. Als die Kellnerin kam, bestellte Lisa einen Cappuccino und ein Glas stilles Wasser. Auf etwas zu essen, verzichtete sie erst einmal. Lisa zog ihr Handy aus ihrer Innentasche der Lederjacke. Drei verpasste Anrufe von Sandra, ihrer ehemaligen Chefin. Sofort wählte Lisa ihre Nummer. „Lisa, danke für deinen Rückruf!" „Sandra, hej, was gibt es so dringendes?"

„Ausgerechnet heute?", vollendete Lisa ihren Satz in Gedanken. „Gibt es Neuigkeiten in meinem Fall? Habt ihr endlich eine Spur?" „Das kannst du wohl laut sagen! Wir haben endlich einen Anhaltspunkt. Unsere Kollegen aus dem LKA Hamburg haben uns informiert."

Bei dem Begriff LKA Hamburg blieb Lisa die Luft weg. „Es gab in der Vergangenheit Verbindungen von Lea nach Hamburg. Wir haben das

Phantombild, das wir mit deiner Hilfe erstellt hatten, an alle entsprechenden Abteilungen der LKAs geschickt. Gestern gab es in Hamburg einen entsprechenden Treffer. Ein absoluter Zufallstreffer! Als Lea am Flughafen kontrolliert wurde." „Warum sollte Lea kontrolliert werden?", fragte Lisa irritiert. „Wie gesagt, reiner Zufall! Ein Drogenspürhund hatte bei dem Gepäck, das Lea mit sich führte, angeschlagen. Ihre Personalien wurden dabei kontrolliert und aufgenommen. Jetzt hat ein LKA-Beamter das Videomaterial gesichtet, wobei er eine Ähnlichkeit mit dem zuvor gesichteten Phantombild entdeckt hat." „Dann habt ihr ihren aktuellen Aufenthaltsort?" „Das leider nicht." „Also könnte Lea in Hamburg oder an jedem anderen Ort der Welt sein?!" Frustriert blickte Lisa auf die Alsterfontäne. „Und ihre Personalien, die habt ihr überprüft?" „Ihr richtiger Name lautet Mareike Thomsen." Lisa fiel vor Schreck das Handy aus der Hand. „Alles ok, Lisa?" „Ja, sorry, alles gut." Lisa konnte in diesem Moment keinen klaren Gedanken fassen. „Sandra, ich muss auflegen. Ich melde mich wieder." „Li...", zu spät, Lisa hatte das Gespräch beendet.

Sie blickte auf ihre Uhr. 17:50 Uhr. Noch zwei Stunden bis zu ihrem Date. Nervös knetete Lisa ihre Hände. Sie zermarterte ihren Kopf. *„Mareike.*

Mareike Thomsen. Wie ist das möglich. So einen Zu-
fall kann es doch nicht geben." Die Gedanken jagten
durch ihren Kopf. Traute sie sich nach *diesen*
Neuigkeiten einen Alleingang zu? Das Risiko
war zu groß. Sie wählte Sandras Nummer. Ihr
Anruf erreichte die Mailbox. *„Verdammter Mist!"*
Lisa wechselte in die SMS-Funktion und tippte
los.
„Sandra, heute um 20:00 Uhr treffe ich mich mit je-
mandem in Hamburg. Ich habe ein Blind-Date.
Schon beim Schreiben der Nachrichten hatte ich ein
komisches Gefühl. Aber jetzt. Wir sind verabredet:
Schmilinskystraße/Ecke Lange Reihe.
Sandra…ihr Name ist MAREIKE !"
Sie schickte die Nachricht ab. Die Kellnerin kam
auf die Terrasse. Lisa gab ihr ein Zeichen für
eine weitere Bestellung. „Bringst du mir bitte einen Espresso und einen Grappa." „Kommt sofort." Lachend wandte sie sich um. Lisa hoffte,
der Grappa würde etwas Ruhe in ihren aufge-
wühlten Magen bringen. Um viertel nach sieben
bat Lisa um die Rechnung. Nach einem Gang
auf die Toilette war es an der Zeit aufzubrechen. Sie überlegte welchen Weg sie nehmen
sollte. Lisa entschied sich über den Ballindamm
und ein Stück an der Außenalster entlangzuge-
hen. Sandra versuchte, sie zu erreichen. Lisa bemerkte es nicht. Unter der Eisenbahnbrücke

war das Klingeln ihres Handys nicht zu hören. Den Vibrationsalarm hatte sie ausschaltet. Lisa ging gemächlich durch die Gurlittstraße und wechselte die Seite, um in die Koppel einzubiegen. Bevor sie in die Schmilinskystraße bog, atmete Lisa tief durch. Es war fünf Minuten vor acht. Sie blickte sich um. Hinter ihr war niemand zu sehen. Auf der gegenüberliegenden Straßenseite lachten und grölten ein paar Jugendliche. Lisa war viel zu angespannt. Mit wenigen Schritten hatte sie die Kreuzung Lange Reihe erreicht. Desinteressiert blickte sie in ein Schaufenster. Vorsichtig lugte sie sich um. Niemand schien Lea ähnlich zu sehen. Doch dort. Auf der anderen Seite der Lange Reihe. Gegenüber dem Restaurant *Frau Müller*. Lisa machte eine nervös dreinblickende Frau aus. Immer wieder schaute sie sich suchend um. Das muss sie sein. Lisa ließ sie nicht aus den Augen. Langsam und behutsam näherte sie sich. Lisa schritt an der grünen Ampel über die Straße. Den Blick immer nach vorn gerichtet. Sie fixierte die Person förmlich. Plötzlich blickte die Frau auf. Lisa erkannte Leas Blick sofort. Lisa duckte sich und wandte sich weg.

Aus dem Nichts tauchten urplötzlich zwei Beamte in Zivil auf. Sie bäumten sich vor Lea auf.

„Mareike Thomsen?" Lea blickte erschrocken auf. „Mareike Thomsen, bitte begleiten sie uns!" Die Beamtin nahm Leas Arm und führte sie zu dem bereitstehenden schwarzen Audi. Sie öffnete die hintere rechte Tür, senkte Leas Kopf hinunter und ließ sie einsteigen. Die Beamtin verwickelte Lea sofort in ein Gespräch, so konnte sie nicht aus dem Fenster blicken. Der Zivilbeamte trat auf Lisa zu. „Lisa Martensen?" Erleichtert blickte Lisa ihn an. „Ja!" „Setzen sie sich bitte mit Sandra vom BKA in Verbindung. Wir melden uns bei ihnen."

So schnell wie die beiden Beamten aufgetaucht waren, so schnell waren sie mit ihrem schwarzen Wagen verschwunden. Die umstehenden Gäste blickten Lisa fragend an. Sie wandte sich um und suchte sich einen ruhigen Platz. Sie zog ihr Handy aus der Tasche. Fünf verpasste Anrufe in Abwesenheit. Der letzte um 20:00 Uhr.

„Lisa? Gott sei Dank! Bist du ok? Ist alles glatt gelaufen?" „Unsere Kollegen haben ganze Arbeit geleistet! Lea. Also Mareike wurde festgenommen!" „Wie geht es dir?" „Ich kann es nicht verstehen. Was soll das für ein Zufall sein? Mir ist kotzübel." „Das glaube ich dir aufs Wort. Kannst du jemanden anrufen? Kümmert sich jemand um dich?" „Ich komme zurecht. Ich brauche nur einen Moment, um mich zu sammeln."

„Lisa, pass auf. Ich komme am Montag nach Hamburg. Können wir uns am Nachmittag im LKA treffen?" „Das bekomme ich hin." „Lisa? Es ist vorbei!" „Nein, Sandra. Es ist ein Anfang! Vorbei ist es erst, wenn alle gefasst wurden. Wir werden sehen, was die Kolleginnen und Kollegen herausbekommen." „Lisa, melde dich, wenn du Hilfe brauchst!" „Ja, ok. Versprochen! Bis Montag erstmal." „Pass auf dich auf!" Sie beendete das Gespräch. Das Getümmel um sie herum hatte sie nicht wahrgenommen. Auch nicht, dass sie beobachtet wurde. *„Wie wolltest du zurück auf die Insel kommen?"* Lisa war immer noch ohne Auto ausgekommen. Jetzt wollte sie zurück, um am Montag erneut nach Hamburg zu fahren. Sie checkte die Möglichkeit nach einem Leihwagen. Am Hauptbahnhof wurde sie fündig. Um kurz nach halb zehn konnte sie ein feuerrotes MINI Cabrio in Empfang nehmen. Zwar buchte Lisa die günstigste Kategorie, bekam aber ein Upgrade. Mit der Wahl war sie schnell zufrieden. Nachdem die Modalitäten erledigt waren, checkte sie den Wagen auf eventuelle Schäden und einen vollen Tank. Dann startete sie den Motor. Auf direktem Weg fuhr sie zur A1 in Richtung Lübeck. In knapp zwei Stunden sollte sie laut dem Navigationssystem auf Fehmarn ankommen. Auf der Sievekings Allee öffnete Lisa das Verdeck. Es war ein lauer Sommerabend. Die frische Luft tat ihr gut. Laut drehte sie die Musik auf.

„Das Leben könnte so einfach und so schön sein."
An der Raststätte Buddikate verließ Lisa die Autobahn. In all den Gedanken um Lea hatte sie ganz vergessen nachzuschauen, ob Klara sich gemeldet hatte. Lisa öffnete ihr Handy. Keine Antwort!

„Was stimmt nur mit uns Frauen nicht." Lisa blickte sich fragend im Innenspiegel des Minis an. Eine Antwort fand sie nicht. Sie startete den Motor und fuhr zurück auf die A1. Auf nachfolgende Wagen achtete Lisa in dieser Nacht nicht. Kurz nach Mitternacht fuhr sie in die Einfahrt ihrer Kate. Das Verdeck schnurrte in seine Rasterung. Lisa stieg aus und verriegelte den Mini. Die Ereignisse der letzten Stunden versuchte sie mit einer heißen Dusche abzuwaschen. Erschöpft lehnte sie sich an die Duschwand und ließ den warmen Strahl über ihren Nacken laufen. Mit einem Glas Rotwein in der Hand stieg sie die Stufen hinauf zu ihrem Bett. Bevor sie auch nur daran nippen konnte, fielen ihr die Augen zu. Mitten in der Nacht wurde Lisa schweißgebadet aus einem furchtbaren Albtraum gerissen. Wieder und wieder grabschten ihr verschwitze Männerhände zwischen die

Beine. Es brauchte einen Moment, bis sie sich sicher war. Sie war allein zu Hause, in ihrem Bett. Lisa stand auf, nahm das volle Rotweinglas, stieg die Treppe hinunter und kippte den Wein zurück in die Flasche. Mit einer Wasserflasche in der Hand kehrte sie zurück ins Schlafzimmer. Es dauerte eine ganze Weile, bis sie in den Schlaf fand.

8. Kapitel

Klara hatte ihren Pensionsgästen am Samstagmorgen das Frühstück bereitet. Sie wollte Lisa nicht per Handy antworten. Aus dem Schuppen nahm sie ihr grünes Gravel Bike und fuhr hinüber. Sie wollte direkt mit Lisa reden und ihr dabei in die Augen blicken. Beinahe wäre sie in der Hecke gelandet, so erschrocken war sie bei dem Anblick des MINI mit Hamburger Kennzeichen in Lisas Auffahrt. Dass es sich um einen Leihwagen handeln könnte, kam Klara nicht in den Sinn. Entsetzt, traurig und wütend über sich selbst fuhr sie zur Pension zurück. Eine volle Pension war für Klara Segen und Fluch zugleich. Wie gerne wäre sie jetzt einfach für sich allein. Stattdessen lief ihr Noah, der dreijährige Spross ihrer jungen Gastfamilie, vor die Füße. Bei Klaras

Anblick strahlte er über das ganze Gesicht. Er rannte auf sie zu. Klara blieb nichts anderes übrig, als ihn aufzufangen und herumzuwirbeln. Laut juchzte Noah. Klara hatte ihre Wut und ihre Enttäuschung für einen Moment vergessen.

Lisa hatte von Klaras Besuch nichts mitbekommen. *„Was für eine scheiß Nacht."* Lisa fühlte sich, als hätte sie die ganze Nacht durchgesoffen. Die eiskalte Dusche sollte ihre müden Geister wieder auf Trapp bringen. Bevor sie die heißgeliebte Kaffeemaschine anstellte, fuhr sie zum Bäcker, um ein paar Brötchen zu holen. Außerdem wollte sie bei der Gelegenheit bei Klara vorbeischauen. Auf dem sandigen Weg vor Klaras Pension waren die Geräusche der Spaziergänger oder Radfahrer von weitem zu hören.

Klara hatte Noah auf dem Arm, als sie von weitem das Fahrrad hörte. Hinter ihrer Hecke erkannte sie sofort Lisas blonden Haarschopf. Ehe sie mit Noah davonlaufen konnte, hielt Lisa mit einem hörbaren Bremsgeräusch vor der Pension.

„Na ihr zwei. Das sieht ja süß aus." Lisa lächelte Noah zu, welches er mit einem breiten Grinsen erwiderte. Klara hingegen blickte mit versteinerter Miene. „Hej Klara. Wie sieht es aus mit heute Nachmittag? Hast du Zeit und Lust zum

Surfen? Du hast noch gar nicht geantwortet."
„Keine Zeit!", war Klaras schnippische Antwort. „Keine Zeit zum Antworten oder keine
Zeit zum Surfen?" „Beides!", erwiderte Klara
einsilbig. Lisa wurde stutzig und zog die Augenbrauen zusammen. Anstatt umzudrehen,
ging sie schnurstracks auf Klara zu. Sie blickte
ihr tief in die Augen. Noah tätschelte Lisas Hals.
„Was ist los Klara?" „Hast DU denn überhaupt
noch Zeit?" Wieder war Klara sehr schnippisch.
„Wie meinst du das?" Lisa hatte keinen blassen
Schimmer, warum Klara ihr gegenüber so ab-
weisend war.
„Ist dein *Besuch* wieder weg?" Das Wort Besuch
untermalte Klara mit Anführungszeichen in der
Luft. „Bitte? Welcher Besuch denn?", sichtlich
irritiert blickte Lisa ihr demonstrativ in die Augen. „Lisa, ich war heute Morgen bei dir und
wollte mit dir reden. Und dann…" Klara hatte
sichtlich Mühe, ihre Tränen zurückzuhalten.
„Dann steht da dieser verfi…,", erschrocken
über sich selbst und ihre Wortwahl, schluckte
sie das Wort hinunter und blickte Noah mit großen Augen an. „…dieser doofe MINI in deiner
Einfahrt!" Noah hielt sich instinktiv die Ohren
zu. „Doof darf man nicht sagen, Klaaaaraaaa.",
flüsterte Noah mit weit aufgerissenen Augen.
Die kleinen Händchen schützend über seinen

Lippen. Lisa musste sich ein Lachen verkneifen. Sie griff sich an den Kopf, raufte sich durch die Haare. „Ich habe keinen Besuch, Klara. Der Mini ist ein Leihwagen." Klara blickte in den Himmel, um ihre Tränen zurückzuhalten. Noah machte einen Schmollmund und wischte mit seinen kleinen Händchen über Klaras Wangen. In diesem Moment kam Noahs Mutter um die Ecke, erfasste die Situation, nahm Klara Noah ab und lächelte erst Lisa, dann Klara aufmunternd zu. Lisa trat einen Schritt auf Klara zu. „Darf ich dich mal in meinen Arm nehmen?" Klara öffnete ihre verschränkten Arme und ließ sich in ihren Arm sinken. Lisa schloss ihre Augen. Dieser Moment fühlte sich gut an. Die Situation jedoch ganz und gar nicht. Doch sie in diesem Augenblick in ihren Armen halten zu dürfen, tat unendlich gut. Sanft drückte sie Klara an sich. Nach einer gefühlten Ewigkeit löste sich Klara aus ihrer Umarmung, nahm sich ein Taschentuch und schnäuzte hörbar ihre Nase. Lisa lächelte zaghaft. „Du mit deinen himmelblauen Augen. Starr mich nicht so an!" Sie schenkte Lisa ein schüchternes Lächeln. „Können wir mal reden?" „Ja, ich möchte dir einiges erzählen. Aus Frankfurt. Aber bitte nicht jetzt. Nicht heute." „Ist ok für mich. Sag mir bitte nur. Das klingt jetzt echt bescheuert." Vorsichtig legte

Lisa ihren linken Zeigefinger auf Klaras Lippen. „Es gibt niemanden in meinem Leben!" Erschrocken über Lisas Direktheit zuckte Klara sichtlich zusammen. „Ich muss dich das jetzt einfach fragen. Donnerstag… Ich bin am Donnerstag zu Tom gefahren, also zur Surfschule. Und dann. Dann sehe ich dich mit dieser Frau. Wie ihr euch küsst." Lisa schloss ihre Augen und fluchte innerlich. „Das. Das war nichts. Mareike…"

Lisa schrak bei dem Namen heftig zusammen. Klara zuckte einen Schritt zurück. Befremdet von ihrer Reaktion. „Mareike hat mich überrumpelt. Mir den Kuss aufgezwungen." „Warum bringt dich ihr Name derart aus der Fassung?" „Das hat nichts mit ihr zu tun. Es ist kompliziert und hat mit meiner Flucht aus Frankfurt zu tun." „Flucht?" „Klara, bitte. Ich kann dir das jetzt und hier nicht erklären. Lass mir Zeit. Bitte!" Einen Moment standen sie sich schweigend gegenüber. „Puuuuh. Lisa, ich…ich glaube…" Wieder legte Lisa ihren Finger auf Klaras Lippen.

„Nicht jetzt, bitte. Klara. Lass mir, lass uns Zeit." Tief blickte Lisa ihr in die Augen. Nur schwer konnte sie Lisas Blick aushalten. Vorsichtig nahm sie Lisa in den Arm und legte eine Hand auf ihren Kopf. Zärtlich streichelte sie ihr durch die kurzen stoppeligen Haare. Lisa schloss ihre Augen.

Fragend blickte Lisa. „Ja! Bis später. Und jetzt dampf ab. Deine Kids und Tom warten."

Lisa war spät dran. Frühstücken musste sie aber erst noch, sonst war der Start in diesen Samstag vollends verhagelt. Gerade rechtzeitig vor den Jungs hatte Lisa die Surfschule erreicht. Gemeinsam mit Tom bereiteten sie alles vor. Nachdem die Kids ihre Surf Stunde beendet hatten, räumten sie die Boards zurück in die Surfständer. Die Neos kamen daneben auf die Kleiderbügel zum Trocknen. Lisa und Tom gesellten sich zu Flos Mutter an den Strand.

Sie versuchte ihre Nervosität zu verbergen, konnte ihre Ungeduld kaum verleugnen. Tom blickte sie fragend an. „Alles ok!" Tom hob abwehrend seine Hände. „Ok ok…ich mach mich mal los. Habt viel Spaß ihr beiden." Er erhob sich und zwinkerte Lisa vielsagend zu. Sie kam sich vor wie ein Teenager.

Pünktlich um vier schlenderte Klara den Holzsteg herunter und steuerte auf den Container zu. Lisa hatte sich ihren Neo angezogen. Vor den UV-Shirts suchte sie nach der richtigen Größe. Klara blieb einen Moment in der geöffneten Tür stehen. Sie beobachtete Lisa. Diese zuckte zusammen.

„Tschuldige, ich wollte dich nicht erschrecken."
„Alles gut! Schön, dass du da bist." Lisa trat auf
sie zu und nahm sie in ihren Arm. Klara zitterte
leicht. Lisa tat so, als würde sie es nicht bemerken.

„Brauchst du einen Neo?" „Ich fürchte schon.
Meinen alten habe ich nicht mehr."

„Oooookay… schau mal, der hier sollte dir pas-
sen." Lisa hielt ihr einen der Neopren Anzüge
entgegen, wandte sich um und ging zu den
Boards. Klara blickte ihr nach, drehte sich um
und kletterte in den Neo.

Lisa kam vom Wasser zurück. „Passt ja prima.
Dann lass uns mal los." Sie gingen schweigend
zum Strand hinunter. „Möchtest du das Board
auftakeln?" „Wenn du es mir bitte zeigst, klar."
Parallel riggten sie die Boards auf. Einen Moment später schoben sie beide Bretter ins Wasser. Klara sprang auf das Board, nahm die Schot
in die Hand und zog vorsichtig das Segel aus
dem Wasser. Sie hielt den Mast in der linken
Hand. Wie selbstverständlich legte sie ihre
rechte Hand auf die Gabel, zog den Mast etwas
nach vorne und griff mit der linken Hand zum
hinteren Teil des Gabelbaumes. Der Wind erfasste das Segel. Klara nahm sofort Fahrt auf.
„Juuuuuhuuuuuu…" Sichtlich begeistert surfte
sie hinaus auf das Meer. „Siehst du, sag ich

doch. Wie Radfahren. Schnell bist du wieder drin."

Lisa holte ihr Segel aus dem Wasser und folgte ihr. „Klappt ja." Klara zog ihr Segel über das Heck. Das Board drehte sich in den Wind. Behutsam lief sie um den Mast herum, vorsichtig hielt sie den Mast in einer Hand, bis das Board sich entsprechend gedreht hatte. Klara griff das Segel und nahm wieder Fahrt auf. Ihre erste Wende nach einer gefühlten Ewigkeit war gelungen. Als beide auf gleicher Höhe waren, winkte Klara. Sie verlor den Halt mit nur einer Hand am Gabelbaum.

„Arrrrg… Shit." Lisa vernahm ein lautes *„Platsch"* Geräusch hinter sich. Sie fierte ihr Segel auf und wartete, bis Klara sich hochgerappelt hatte und wieder los surfte. Sie zeigte ihr ein paar Manöver, die Klara mal trocken mal nass nachmachte.

„Du bist nicht einmal reingefallen!", empörte sie sich. „Das lässt sich ändern." Lisa ließ ihr Segel fallen, breitete ihre Arme aus und ließ sich rücklings ins Wasser fallen.

„Du bist verrückt…", schoss es Klara in den Kopf. Sie ließ das Segel fallen und setzte sich auf ihr Board. Ihre Beine baumelten im Wasser. Lisa schwamm zu ihr herüber und zog ihr Brett hinter sich her. Sie schwamm zu Klara ans Board,

hielt sich an ihren Beinen fest und blickte zu ihr auf.

Klara lächelte. *„Deine himmelblauen Augen rauben mir noch den Verstand..."* Sie strubbelte durch Lisas nassen Haare. Beide lächelten. „Es ist schön, Zeit mit dir zu verbringen." „Dann lass es uns bald wiederholen." „Ich meine nicht nur das Surfen, Lisa." Klara ließ ihren Blick zum Horizont schweifen. Einen Moment ließen sie sich schweigend auf dem Wasser treiben.

„Los schau, dein Brett treibt weg." Lisa stieß sich von ihr ab und kraulte ihrem Brett nach. Schwer atmete Klara aus, raffte sich hoch und zog ihr Segel aus dem Wasser.

Später am frühen Abend kehrten sie zum Strand zurück. Die Boards verstauten sie, ebenso die Segel. Nebeneinander gingen sie zum Container. Beide Neos brachte Lisa zum Trocknen hinaus. Klara schwang sich in eine kurze pinkfarbene Sweat Hose und warf sich ein weißes Frottee T-Shirt über. Lisa hüllte sich in einen blauen Surfer Poncho. „Musst du noch hierbleiben?" „Ja, aber nicht mehr lang. Ich warte, bis die Neos getrocknet sind. Dann fahre ich heim. Möchtest du...?" „Nein, Lisa, lieber nicht. Ein anderes Mal gerne." Sie trat auf Klara zu, nahm sie in den Arm und hielt sie einen

Moment ganz fest. „Tut mir leid! Ich bin so kompl…" Diesmal war es Klara, die ihren Zeigefinger auf Lisas Lippen legte. Sie blickten sich in die Augen. Klara küsste sie zum Abschied sanft auf die Wange. Dann drehte sie sich um. Auf dem Strandweg liefen ihr zwei Mädels über den Weg. In der Größeren der beiden erkannte sie sofort die Frau, die Lisa geküsst hatte. Klara verspürte einen Stich in ihrem Herzen. Unbewusst blieb sie stehen und blickte den Zweien nach. Natürlich bogen sie zur Surfschule, wo Lisa mit den letzten Handgriffen beschäftigt war.

Klara zuckte zusammen, als sie Lisa sah, wie sie bereits ihr Fahrrad über den Steg schob. Nach einem kurzen Wortwechsel mit den beiden Frauen, schob Lisa ihr Rad weiter. Schnell stieg Klara auf ihr Rad und trat in die Pedale. Auf keinen Fall sollte Lisa sie entdecken. Lisa verdrehte innerlich die Augen, als Mareike und Tina auf sie zu kamen.

„Hej ihr zwei." „Hallo Lisa, wir möchten nochmal eine Stunde auf dem Katamaran bei dir buchen."

Mareike stand schweigend daneben.

„Da müsst ihr bitte morgen wiederkommen. Die Surfschule ist bereits geschlossen." „Ok, das machen wir." „Bis dann." Lisa schob ihr Rad weiter.

In der Kate angekommen, stellte sie ihr Rad in den Schuppen. Es war Samstagabend. Sie freute sich auf ein gutes Glas Rotwein. Außerdem war sie unendlich müde. Unter der Dusche erweckten kurzzeitig ihre müden Geister. Nach einem Schluck Wein und einem Stück ihres Käsebrotes sank Lisa tief in ihr Kissen auf dem Sofa. Es dauerte nicht lange, bis ihr die Augen zufielen. Sie rappelte sich einen Augenblick später auf, putzte ihre Zähne und ließ sich ins Bett fallen, worauf sie in einen traumlosen Schlaf fiel.

9. Kapitel

Sonntagmorgen blickte Lisa um halb zehn auf ihre Uhr. Sie fühlte sich endlich mal wieder richtig ausgeschlafen. Die Bettdecke warf sie gut gelaunt zurück. Nach einem Blick aus ihrem halbrunden Fenster im Schlafzimmer, schien es wunderschöner Tag zu werden. Die Wettervorhersage versprach einen sonnigen Tag. Pfeifend stieg Lisa die Treppe hinunter. Von weitem sah sie eine Tüte an ihrer Haustür hängen. Nur im Top und Boxershorts bekleidet öffnete sie die Tür. In dem Jutebeutel kam eine Tüte mit frischen Brötchen zum Vorschein.

„Moin, du Schlafmütze. Komm gut in deinen Tag."
Eine selbstgemalte Sonne lachte Lisa an.
Ein wohlig warmes Gefühl breitete sich in ihr
aus. Klara war auf ihrer täglichen Tour in die
Landbäckerei bei Lisa vorbeigefahren, um ihr
eine Brötchentüte an die Haustür zu hängen. Sie
öffnete die Tüte und sog den Duft von frischen
Brötchen ein. Schnell bereitete sie sich einen
Kaffee. *„Boah Klara, du bist ja lieb."* Genussvoll
biss Lisa in das Croissant, welches sie in der
Tüte entdeckte. Mit dem Becher Kaffee in der
Hand und dem Croissant im Mund hielt sie sich
ihr Handy vors Gesicht. Das Selfie schickte sie
an Klara. *„Vielen lieben Dank du Liebe."* Ein
Umarmungsemoji folgte der Nachricht.
Klara deckte die Frühstückstische ab, stellte das
Geschirr in die Spülmaschine, als ihr Handy vi-
brierte. Eine munter dreinblickende Lisa
schaute sie an. Klara freute sich so sehr über die
Nachricht, sofort erledigte sie beschwingter ihre
Arbeit. Manchmal waren es Kleinigkeiten, die
ihr Leben aufhellten. In der Küche roch es nach
frisch eingekochter Marmelade, die Klara seit
Jahren zum Frühstück reichte. Sie zog den
Staubsauger aus dem Hauswirtschaftsraum und
wirbelte durch den Frühstücksraum. Ihr Vormittag war wie immer, auch sonntags, fest in
der Pensionshand. Bei einem Gästewechsel

hatte sie mit den Zimmern länger zu tun. Für die nächste Woche stand dies jedoch nicht an. *„Vielleicht ergab sich eine Möglichkeit, die Surfsession von gestern mit Lisa zu wiederholen.,"* überlegte Klara, während sie die Steckdose wechselte, um in den hinteren Bereich mit dem Staubsauger zu gelangen. Laut schreiend rannte Noah auf Klara zu und umschlang ihre Beine von hinten. „Moihoin Klaaaaaraaaaaa..." „Hej kleiner Wirbelwind, dir auch ein Moin." „Hallo Klara, sorry, aber er ist nicht zu bremsen, wenn er dich sieht." Nils, Noahs Papa, stand achselzuckend in der Tür. „Er wollte dir unbedingt *Moin* sagen." „Das freut mich sehr, Noah." Klara nahm Noah auf den Arm und knuddelte ihn liebevoll. Die beiden verabschiedeten sich, als Friederike, Noahs Mama, die Treppe herunterkam. „Wohin geht's für euch heute?" „Wir wollen mit den Bikes zum Südstrand. Heute Nachmittag wollte ich mich nach einer Schnupperstunde bei der Wasserski Anlage erkundigen." „Na das klingt nach einem großartigen Tag. Viel Spaß euch Dreien." „Schüüüüüß Klaaaaraaaa..." Noah rannte fröhlich winkend zu seinem Papa.

Sie schaltete den Staubsauger erneut ein und saugte den Rest des Raumes. Die Tische waren abgewischt und die Stühle standen wieder ordentlich davor. Klaras Handy vibrierte erneut.

Lisa ließ sich das Croissant schmecken. Hin und wieder tunkte sie es in ihren Kaffee hinein. Klara hatte außer dem Croissant, ein Mohnbrötchen, sowie ein Vollkornbrötchen einpacken lassen. Mit weit aufgerissenen Augen deutete Lisa auf das Mohnbrötchen in ihrer Hand. Mit diesem Selfie signalisierte sie Klara, dies sei ihr Lieblingsbrötchen. Lisa überlegte und entschied sich, Klara später anzurufen. Erstmal frühstückte sie in Ruhe weiter. Nach der Dusche schlüpfte sie in ein weißes T-Shirt und eine knallrote Frotteeshorts. Barfuß stieg sie die Treppe von ihrem Schlafzimmer hinunter. Lisa griff zum Handy und wählte Klaras Nummer. „Naaaaa, fertig gefrühstückt?", meldete sich Klara am anderen Ende. „Das war eine schöne Idee von dir. Ganz lieben Dank. Wie sieht dein Tag heute aus?" „Gern geschehen. Mit der Pension bin ich so weit durch. Ich wollte gleich schwimmen gehen. Was hast du vor?" „Ich fahre gleich zu Tom hinüber. Ein paar Kids haben sich zum SUPen angemeldet. Wenn du Zeit und Lust hast, komm doch später bei uns vorbei." „Hm, ja vielleicht. Mal gucken." „Ich würde mich freuen!" „Okay, dann bis nachher. Viel Spaß mit den Kids." „Bis später." Sie beendete das Gespräch, schnappte sich ihren Rucksack, stellte ihr Rad vor den Schuppen und fuhr zur Surfschule. Gemeinsam mit Tom brachte sie 6 SUPs zum Wasser hinunter. „Danke, dass du auch sonntags Zeit hast!" „Kein Problem, mir macht's riesigen Spaß." „Und keine Kohle von mir zu bekommen, ist für dich noch ok?" „Darüber musst du dir nicht den Kopf zerbrechen. Ich find's super, wenn ich dein Material leihen kann." „Fein." Zu zweit schleppten sie zwei weitere Boards zum Strand hinunter. Die Kids kamen mit lautem Gejohle den Steg entlang gerannt. „Das liebe ich so an meinem Job. Die Begeisterung der Menschen und vor allem die der Kids." Tom begrüßte alle. Mit den begleitenden Eltern erledigte er den finanziellen Teil, ehe Lisa jede in einen Neopren Shorty steckte. Die theoretischen Trockenübungen demonstrierte Tom neben den Boards. „Schwimmen könnt ihr alle?" Alle Daumen gingen hoch. „Prima, dann schnappt euch bitte ein Board und schiebt es ins Wasser." Kniend legten sie los, um ein Gefühl für das Paddeln und das wackelige SUP zu bekommen. Wenig später stellten sich Lisa und Tom auf ihre SUPs. Das Paddel hielten sie jeweils senkrecht auf dem Board. Sie demonstrierten, wie die Paddel für die jeweils richtige Größe eingestellt wurden.

Merle, Janina, Katrin, Steffi, Sophie und Swantje machten es ihnen nach. Die Mädchen waren zwischen zehn und zwölf Jahre alt. Tom startete und wie an einer Schnur geleiteten sie los. Lisa bildete den Abschluss der Runde. Er löste nach einer Weile seine Leash, womit das SUP um seinen Knöchel verbunden war, und ließ sich vom Board fallen. Das Board drehte sich sogleich mit der Strömung und trieb langsam davon. „Seht ihr. Dafür ist die Leash wichtig. Je nach Windstärke und Strömung würde euer SUP sofort wegtreiben, wenn ihr sie nicht anlegen würdet. Ehe ihr euch orientiert habt, ist das Board vielleicht schon entscheidende Meter entfernt. Je nach Fitness und Dauer eures Törns fehlt euch womöglich die letzte Kraft und Ausdauer hinterher zu schwimmen. Also legt die Leash bitte immer an." „Danke Tom. Das war anschaulich!" Merle zeigte sichtlich Respekt. Tom schwamm seinem SUP hinterher und zog sich mühelos hinauf. Nach und nach ließen sich die Mädels vom Board ins Wasser fallen. Mit mehr oder weniger Leichtigkeit zogen sie sich zurück auf die SUPs. Tom und Lisa erklärten und demonstrierten die Wendemanöver. Hin und wieder fiel jemand ins Wasser. Eher zur Abkühlung als vor Unvermögen. „Das macht irre viel Spaß, Mädels.", rief Swantje quer über das Wasser.

Allgemeines Gejohle war die zustimmende Antwort.

Klara nahm ihr Rad aus dem Schuppen, hängte
ihre royal blaue Radtasche mit den Schwimm-
klamotten an den Gepäckträger. Eine rot weiß
karierte Picknickdecke klemmte sie fest und
brach in Richtung Strand auf. Die Zeit verlief an
diesem Sonntag wie im Flug. Ehe sie endlich
aufbrechen konnte, führte sie zwei längere Tele-
fonate mit künftigen Gästen. Ein Blick auf ihre
Uhr zeigte kurz vor drei. Ohne weiter nachzudenken, fuhr Klara auf direktem Weg in Richtung Surfschule. Dem Bulli mit Hannoveraner
Kennzeichen neben ihrer Pension schenkte sie
keine Aufmerksamkeit. Sie schob ihr Rad zum
Container der Surfschule, der verschlossen war.
Ihr Rad stellte sie neben Lisas. Mit ihrer Picknickdecke unter dem Arm und ihrer Radtasche
in der Hand schritt sie zum Strand hinunter.
Am äußersten Rand der Düne breitete sie ihre
Decke auf dem warmen weichen Sand aus. Offensichtlich waren nur die Eltern der Kids an-
wesend. Ansonsten war der Strand für einen
Sonntagnachmittag menschenleer. Ab und zu
kamen Spaziergänger vorbei, die das Treiben
auf dem Wasser verfolgten und weitergingen.
Ein bunt geblümtes Strandtuch legte Klara auf
die Decke, dazu ein großes rotes und ein kleines

pinkfarbenes Handtuch.

Mit einem Haargummi bändigte sie ihre langen blonden Haare. Auf dem Wasser hatte sie die SUP- Gruppe um Tom und Lisa schnell ausgemacht.

Langsam glitt sie auf dem festen Grund der Ostsee in das kühlende Wasser. Sie streifte ihre Arme hinunter, um sich behutsam abzukühlen, ehe sie sich ins Wasser stürzte. Mit ein paar Delphinschwimmzügen gelang sie ins tiefere Wasser. Sie war wie Lisa eine gute Schwimmerin. Mit langen Kraulzügen durchpflügte sie das Meer. In Rückenlage schwamm sie zurück. Bevor sie aus dem Wasser stieg, streifte sie ihr Haargummi über ihr Handgelenk, senkte ihren Kopf rücklings unter Wasser, und tauchte mit offenem Haar wieder auf. Ihren Kopf warf sie vor und zurück in den Nacken und schüttelte ihr nasses Haar aus. Aus dem Wasser watend bändigte sie ihre Haare mit dem Haargummi. Lisa hatte sie mittlerweile entdeckt. Unter ihrer schwarzen Sonnenbrille und ihrem Cap beobachtete sie jede von Klaras Bewegungen. Bei Klaras Anblick in ihrem pinkfarbenen Bikini, sowie dem gleichmäßig gebräunten Körper, fühlte Lisa eine wohlige Wärme in ihrem Bauch. Zum ersten Mal betrachtete sie Klara nicht mit dem Blick auf ihre Freundin aus Kindertagen,

sondern auf eine wunderschöne attraktive Frau.
Tom bemerkte Lisas gedankliche Abwesenheit.
Unauffällig ließ er sich zu Lisa hinübertreiben.
„Tolle, coole Frau!" Tom trieb an Lisas SUP vorbei, nachdem er ihren sehnsuchtsvollen Blick
verfolgt hatte. Er zwinkerte. „Klara mag dich,
Lisa! Ich würde sagen, sogar sehr." Dann war er
schon wieder zu den Kids gesupt. Lisa schüttelte leicht den Kopf, um sich wieder zu konzentrieren. Sie hatte sichtlich Mühe, ihren Blick
von Klara abzuwenden. Klara spürte die Blicke
nicht auf sich. Nachdem die Stunde der Kids
verstrichen und die SUPs verstaut waren, gab
Tom Lisa zu verstehen, sie solle zu Klara hin-
übergehen. „Na los, verschwinde schon. Den
Rest mache ich allein." Grinsend zwinkerte er.
Sie schnappte sich ihre Schwimmtasche. Klara
lag auf ihrer Decke und las in einem Buch, als
sie zu ihr herüberkam.
„Hej, da bist du ja." Klara sprang hoch und
nahm Lisa in ihre Arme. „Mhmmm, klebrig."
„Kommst du mit ins Wasser?" Lisa ließ ihr
blaues Handtuch auf Klaras Decke fallen, befreite sich aus ihrem feuchten UV-shirt, stieg
aus ihrer Shorts und lief zum Wasser hinunter.
Klara rannte hinterher. Nebeneinander juchzten
beide auf, als sie sich parallel ins Wasser fallen
ließen. „Das tut soooooooooo gut!" Lisa breitete

ihre Arme aus und ließ sich rücklings ins Wasser fallen. Kraulend durchpflügte sie das Wasser. Zurück am Strand, ließen sie sich auf die Decke fallen. Lisa schüttelte ihre kurzen Haare aus. Klara stand auf und wrang ihre per Hand aus. Obwohl es mittlerweile spät am Nachmittag war, stand die Sonne hoch am Himmel. Es war angenehm warm. „Hast du heute noch etwas vor?" „Nein, die Pension kommt allein klar." „Magst du später mit zu mir kommen oder wollen wir am Hafen etwas essen gehen?" „Klingt beides gut. Lass uns erst noch das schöne Wetter genießen. Dann gucken wir weiter." Nachdem die Sonnencreme verteilt war, lagen beide auf der Decke und blickten in den Himmel. Lisa fielen die Augen zu. Einen Moment nickte sie ein. Klara beobachtete sie lächelnd. Sie fragte sich an welcher Stelle oder bei welchem Moment sie sich verliebt hatte. Lisa zuckte im Schlaf heftig zusammen. Klara erschrak. Sie schaute auf Lisa. *„Welches Geheimnis trägst du mit dir herum?"* Ein zweites Mal zuckte Lisa. Klara war hin und hergerissen, ob sie Lisa wecken sollte. Vorsichtig berührte sie ihren Arm. Lisa blinzelte in die Sonne. „Habe ich geschnarcht?" „Aber sowas von. Du verscheuchst auch die letzte Möwe." empörte sie sich gespielt. Etwas ernster schaute sie in ihre Augen.

„Du bist zweimal heftig zusammengezuckt, so als würdest du böse träumen." Lisa richtete sich auf und blickte aufs Meer. „In letzter Zeit habe ich Albträume. Die letzten Wochen in Frankfurt waren sehr schwer für mich. Ich habe etwas erlebt, das ich nur schwer verarbeiten kann."

„Hat es mit deinem Job zu tun?" „Nein, zumindest dachte ich das. Vielleicht aber doch. Klara am Freitag in Hamburg…" Lisa verschränkte ihre Arme auf den Knien und ließ ihren Kopf darauf sinken. „Ich wollte mich…" Sie brachte den Satz nicht zu Ende. Wie konnte sie Klara ausgerechnet jetzt sagen wollen, dass sie sich am Freitag zu einem Blind Date verabredet hatte. Es sich herausstellte, diese Frau hatte mit einem brutalen Überfall auf sie zu tun und schließlich verhaftet wurde.

„Hör zu Klara. Bevor ich dir alles aus Frankfurt erzählen kann, muss ich mich morgen mit meiner ehemaligen Chefin treffen. Erst wenn ich etwas mehr Klarheit habe, möchte ich mit dir darüber reden." Klara wusste zwar, dass Lisa beruflich mit der Polizei zu tun hatte, aber mehr auch nicht. Sie richtete sich auf und blickte ebenfalls auf den Horizont. „So langsam verstehe ich! Du warst keine *einfache* Polizistin oder Kommissarin?!" Bei dem Wort einfache stellte sie Anführungsstriche. „Du hast vermutlich auch keine Knöllchen verteilt und jemand wurde richtig sauer.", stellte Klara mit tiefer Stimme gespielt nüchtern fest. Lisa lachte laut auf. Klara war verunsichert, ob sie sauer war. Aber Lisa blickte sie an und antwortete mit fester Stimme. „Ich bin, ich war für das BKA tätig. Anfangs als Profilerin. Später auch als verdeckte Ermittlerin." „Wie spannend!", rutschte es Klara raus. Sichtlich beeindruckt schaute sie Lisa an. „Ja, sehr. Und abwechslungsreich. Bis vor einem Jahr." Klara legte Lisa eine Hand auf ihren Rücken. „Was ist passiert? Was ist mit *dir* passiert?" Lisa liefen die Tränen über ihre Wangen. Sie schluchzte auf. Sie ließ sich in Klaras Arme sinken und ließ ihren Tränen freien Lauf. Es war wie das ersehnte Ventil, das sich endlich öffnen würde. Klara wurde schwer ums Herz. Sie hatte Lisa immer als taffe, selbstbewusste Frau erlebt. Dass sie Zeit brauchte, um das Erlebte zu verarbeiten, wurde ihr jetzt sehr deutlich. Es dauerte eine ganze Weile, bis Lisa sich beruhigen und weitersprechen konnte. „Als ich am Freitag in Hamburg war, wurde jemand vor meinen Augen verhaftet. Es wird vermutet, die Frau. Klara ihr Name ist *Mareike*. Dass die Frau etwas mit dem Vorfall in Frankfurt zu hat. Morgen treffe ich mich mit Sandra, meiner ehemaligen Chefin vom BKA aus Wiesbaden, beim

LKA in Hamburg. Sandra wird die Vernehmung leiten. Ich kann in einem geschützten
Raum dabei sein." Klara zuckte bei dem Namen
Mareike zusammen. Lisa trocknete ihre Tränen.
Sie lächelte zaghaft, als sie ihre Reaktion beim
Namen *Mareike* bemerkte. „Es ist alles so kompliziert und verwirrend. Und ausgerechnet jetzt
entdecken wir beide, dass wir nicht mehr im
Sandkasten sitzen und gemeinsam Kuchen backen." Klara lachte beherzt auf. Sie rutschte hinter Lisas Rücken, schlang ihre Arme um sie und
zog sie sanft an sich. Lisa schloss ihre Augen.
Seit langem fühlte sie sich geborgen. Die Nähe
zu Klara war ihr so vertraut und doch wiederum so neu. Liebevoll streichelte sie Lisas Arm.
„Gib uns eine Chance, Lisa. Auch wenn es kompliziert ist. Ich lasse dir alle Zeit, die du
brauchst."
Lisa schloss ihre Augen. Antworten konnte sie in
diesem Moment nicht. Stattdessen erwiderte sie
Klaras Berührungen. Sanft nahm sie Klaras
Hand. Ihre Finger glitten liebevoll ineinander.
Beide versanken in ihren Gedanken.
„Klara, ich glaube, das ist dein Handy, das da
brummt, oder?" Aus ihren Gedanken gerissen
griff sie in ihre Strandtasche und wühlte nach ihrem Handy. Im Display sah sie, der Anruf war
für die Pension bestimmt. „Klaras Pension. Klara

hier. Moin." Lisa schmunzelte ob des perfekten Timings des Anrufes. Klara erwiderte ihr Lächeln und verdrehte gespielt ihre Augen. Um sie in Ruhe telefonieren zu lassen, beschloss Lisa, sich etwas abzukühlen. Klara deutete mit einem Augenblinzeln an, sie würde gleich nachkommen. „In dieser Woche bin ich komplett ausgebucht. Tut mir leid. Wenn du magst, schaue gerne auf meine Homepage. Dort habe ich einen Belegungsplan hinterlegt. Vielleicht findet sich ein anderes Datum für euch. Von Hannover aus könntet ihr auch spontan anreisen. Bis Mitte September vermiete ich nur wochenweise, mindestens aber für 3 Nächte.", hörte Lisa.

Sie ließ sich auf dem Rücken liegend mit geschlossenen Augen treiben.

Klara schlich sich vorsichtig durch das seichte Wasser. „Vermisst du manchmal etwas aus Frankfurt?" „Den Großstadtlärm. Die verstopften Straßen. Den Dönerladen um die Ecke."
„Hm, rote oder weiße Soße?" „Beides bitte und ein wenig von der Scharfen." „Kommt sofort!"
Beide lachten. Klara wusste von der Erbschaft. Lisa war nicht zwingend auf einen neuen Job angewiesen. Sie konnte sich trotzdem nicht vorstellen, dass Lisa auf Dauer auf der Insel glücklich würde. „Du hast Angst, ich werde Fehmarn wieder verlassen?" „Ein bisschen schon." „Den

Winter bleibe ich auf jeden Fall hier." „Apropos Winter. Du hast Gänsehaut. Wollen wir gucken, ob wir am Hafen bei Lina einen Platz bekommen?" Nach einem prüfenden Blick auf ihre Arme, antwortete Lisa. „Ja gern." Beide schwammen zurück zum Strand, trockneten sich ab, wechselten die nassen Bikinis in kurze Shorts. Klara warf sich eine dünne pink weiß geblümte Bluse über ihren weißen BH. Lisa schlüpfte in ein blau weiß gestreiftes T-Shirt. Sie packten schnell ihre Sachen zusammen und gingen zurück zum Container, wo sie ihre Räder abgestellt hatten.

An dem Burger Restaurant am Hafen waren alle Plätze belegt. „Schade! War klar um diese Uhrzeit." Lisa ließ ihren Blick über die besetzten Tische schweifen. „Vielleicht ist ja gleich jemand fertig." Zwischen den beiden geöffneten Türen bemerkte Lisa einen winkenden Arm. „Aaaah guck! Da drüben sitzt Tom und winkt. Wollen wir uns zu ihm setzen?" „Auf jeden Fall." „Geh du schon mal rüber. Ich schließe unsere Räder zusammen." Klara nahm ihre Tasche und ging zu Tom an den Tisch. „Hej Klara, wenn es euch nicht stört, setzt euch gerne dazu." „Danke! Hast du schon bestellt?" „Japp, aber es dauert ne gute halbe Stunde, sagt Lina." „Das macht, glaube ich, nichts. Mal gucken, was Lisa gleich sagt." „Hej Tom, das passt ja super." Sie ging zu Tom an den Tisch und umarmte ihn. „Dauert ne gute halbe Stunde mit dem Essen." „Ist für mich ok. Was meinst du Klara?" „Für mich auch. Außerdem hat Tom sich einen perfekten Platz ausgesucht. Mit Blick auf die Masten im Hafen. Besser geht es kaum." „Was möchtest du haben? Ich würde zu Lina gehen und bestellen." Sie sah Klara fragend an. Nach einem flüchtigen Blick in die Karte, blickte Klara auf die Tageskarte neben der Tür. „Für mich bitte die hausgemachte Zitronen Limo und den Plus Burger im Menü mit Pommes und Salat." „Majo und Ketchup dazu?" „Ja, bitte!" Lisa nutzte die Gelegenheit und konnte direkt zum Counter gehen, wo sie ihre Bestellung an Lina weitergab, ehe sich jemand von dem zehner Tisch gegenüber aufmachte. Die beiden Zitronen Limos und das Besteck bekam Lisa direkt mit. Sie kehrte mit den Getränken und dem Besteck zu Tom und Klara an den Tisch zurück.

„Die Burger dauern noch." „Macht doch nichts, Tom hat seinen auch noch nicht. Und die Getränke sind erstmal wichtiger." Klara griff sich eine der beiden Zitronen Limos, stieß erst gegen Toms Bierglas und ehe sie Lisas Glas zuprosten konnte, kam diese ihr zuvor. „Cheers du Schlafmütze." Beide Gläser klirrten aneinander. Tom blickte Klara fragend an. Sie verdrehte ihre Augen und fing an zu lachen. „Eine Retourkutsche für heute Morgen." „H e u t e   M o r g e n???" Tom dehnte die beiden Worte derart in die Länge, dass Lisa ihm in die Seite knuffte. „Ist ja gut, ist ja gut… by the way, meinen Segen hättet ihr beiden."

Lisa stand unvermittelt auf und ging, ohne etwas zu antworten oder eine Geste zu zeigen, in das Burger Restaurant, um die Toilette aufzusuchen. Tom blickte Klara sichtlich erschrocken an. „Habe ich was falsches gesagt?" „Nein, hast du nicht. Es ist kompliziert." „Weil ihr euch aus dem Kindergarten kennt?" „Wenn es nur das wäre. Redet Lisa mit dir über Privates?" „Hm, wirklich viel weiß ich, ehrlich gesagt, nicht. Sie ist hier aufgewachsen. Lange Zeit war sie in Frankfurt und ist jetzt zurückgekehrt. Ihre Eltern sind bei einem Verkehrsunfall ums Leben gekommen und ihre Omi hat ihr die Kate vererbt." „Das ist ja schon mal was." Lisa kehrte an den Tisch zurück. Klara lächelte Tom zu. „Entschuldigt, ich wollte nicht fliehen. Es freut mich, dass wir deinen Segen haben." Lisa zwinkerte Tom zu. Klara lächelte freudestrahlend. An beide gerichtet sagte Lisa: „Ich brauche Zeit." An Klara gewandt: „Vielleicht finde ich morgen ein paar oder zumindest eine Antwort."

Klara nahm ihre Hand und streichelte sie. Lisa ließ sie gewähren, zog sie nicht zurück. Sie spürte, wie sehr sie Klaras Nähe genießen konnte.

Lina kam mit drei Tellern an den Tisch.

„So ihr Lieben. Ich hoffe es ist für dich ok Tom, dass du etwas länger warten musstest. Ich dachte ihr möchtet vielleicht gemeinsam essen. Ich habe hier drei Plus im Menü." „Perfekt! Danke dir Lina!" Tom nahm ihr zwei Teller ab und reichte sie an Lisa und Klara weiter.

„Boah lecker. Guten Appetit." Lisa griff nach einem Pommes und tunkte ihn erst in den Ketchup dann ins Majo Töpfchen. Genüsslich schloss sie ihre Augen. Beide taten es ihr gleich. Alle drei aßen den Burger mit Messer und Gabel. „Ich esse so einen auch nur zu Hause mit den Händen." Tom deutete auf seinen Burger.

„Tja, so unfallfrei lässt er sich ja auch nicht unbedingt essen." Lisa nestelte mit ihrer Zunge an ihren Lippen, um die Soße einzufangen, die sich auf den Weg zum Kinn machen wollte. „Wir haben es doch wirklich gut hier. Mal gibt es etwas bei Lina, mal in Theas Garten. Oder am Hafen Imbiss." „Surferleben!", witzelte Klara. „Manchmal kochen wir auch schon selbst."

„Oder schmieren uns ne Stulle.", ergänzte Lisa ihre Gedanken. Es war bereits kurz nach acht, als Lina sich zu ihnen an den Tisch gesellte. „Feierabend für heute?" Tom schaute Lina fragend an. „Zumindest in der Küche. Getränke machen wir noch bis keiner mehr da ist oder ich euch *raus*schmeißen muss." Das raus zeichnete sie in Anführungszeichen. Auf diesem Teil der Insel kannten sich viele der Gleichaltrigen. Einige waren nach ihren Ausbildungen zurückgekommen. Manche waren geblieben, um die elterlichen Restaurants, Hotels oder Pensionen weiterzuführen.

Als es langsam zu dämmern begann, machte Tom sich auf den Weg. An Lisa gewandt sagte er. „Bis übermorgen?" „Jupp, ich bin gegen zehn Uhr bei dir." „Super. Habt noch einen schönen Abend."

„Arbeitest du fest mit Tom zusammen?", wollte Lina wissen. „Nein, er hat mich gefragt, ob ich hin und wieder aushelfen könnte. Dafür kann ich sein Material nutzen." „Sehr cool. Möchtet ihr noch etwas trinken?" Klara blickte fragend auf Lisa an. „Möchtest du?" „Nein Danke, ich muss morgen früh hoch." Sie erhoben sich zeitgleich, verabschiedeten sich von Lina und gingen zu ihren Rädern.

Lisa öffnete das Schloss und schob Klaras grünes Gravel Bike zu ihr hinüber. Sie zog ihr eigenes Rad aus dem Radständer. Vertraut fuhren

sie bis zu Klaras Pension nebeneinanderher.
„Ich frage jetzt mal nicht, ob du noch mit hoch-
kommen möchtest." „Ein anderes Mal sehr
gern." „Wann fährst du morgen nach Hamburg?" „So gegen zehn. Sandra erwartet mich
zwischen zwölf und eins im LKA." „Wie lange
hast du den Leihwagen noch?" „Bis morgen. Ich
denke, ich komme mit der Bahn zurück."
„Wenn du möchtest, kann ich dich in Lübeck
abholen. Dann hättest du noch etwas Zeit für
dich und musst trotzdem nicht so lange unterwegs sein." „Das würdest du tun?" „Ja klar!"
Klaras Augen begannen zu leuchten.
„Hm, das wäre schön. Nur weiß ich noch nicht,
welchen Zug ich nehmen kann." „Sag einfach
Bescheid, wenn du es absehen kannst." „Danke,
Klara. Ich glaube es wäre schön, wenn du morgen da wärst." Sie nahm Lisa in ihre Arme und
zog sie fest an sich. Dann verabschiedeten sie
sich.
Lisa bog auf den Schotterweg und fuhr über
den Deich zum Strand weiter nach Hause. Erstmal verstaute sie ihr Rad im Schuppen, packte
ihre Radtasche aus, schmiss ihre Strandsachen
in die Wäschetrommel und stieg unter die Dusche. Vorher musste sie ihr Handy jedoch aufla-
den. Als Lisa aus der Dusche kam, ließ sie sich
handtuchtrocken rücklings auf ihr Bett fallen.

Aus den Augenwinkeln sah sie ihr Handy blinken. Müde zog sie es zu sich hinüber und öffnete ihre Nachrichten.

Ein Anruf in Abwesenheit. Eine Nachricht auf der Mailbox. Sie ahnte, Sandra hatte versucht sie zu erreichen.

„Hallo Lisa, bitte melde dich morgen früh gegen halb 8 bei mir. Ich wünsche dir einen schönen Abend. Viele Grüße."

Der Abend mit Klara und Tom hatte sie von allen Problemen ablenken lassen. Sie fühlte sich mit ihnen in einer anderen Welt. Mit voller Wucht wurden ihre Gedanken jetzt nach Frankfurt bzw. Hamburg gelenkt. Lisa lag stundenlang wach und zermarterte sich den Kopf.

10. Kapitel

Montagmorgen klingelte ihr Wecker. Es war sieben Uhr. Gerädert von einer fast schlaflosen Nacht schreckte Lisa hoch. Mit einer schnellen kalten Dusche versuchte sie ihre müden Gedanken auf Trab zu bringen. Es war zwanzig Minuten nach sieben, als sie ihr Handy aus dem Flugmodus befreite.

Ohne auf neue Nachrichten zu achten, wählte sie Sandras Nummer. „Hallo Lisa. Wie geht es dir?" „Kurze schlaflose Nacht. Es ging mir schon deutlich schlechter." „Deinen Humor hast du nicht verloren. Das freut mich." „Wie sieht eure Vorgehensweise für heute aus?" „Die Kollegen des LKA haben die ersten Vernehmungen am Wochenende geführt. Zu ihrem Aufenthalt in Frankfurt im letzten Jahr hat sie keine Angaben gemacht. Du bist dir sicher, dass es sich bei Mareike Thomsen um Lea handelt?" „Ganz sicher! Ich konnte einen Moment in ihre Augen sehen, ohne dass sie mich, während ihrer Verhaftung, wahrnahm. Sie war völlig überrascht von dem Zugriff. Auch ihre Haltung, ihr Gang. Sie ist Lea!" „Gut. Ich leite die Vernehmung heute um eins. Kannst du bitte gegen zwölf beim LKA sein? Hast du einen Wagen?" „Ja, kein Problem. Ich habe noch einen Leihwagen bis heute Abend." „Sehr gut, dann bis später!"

„Ja, bis dann. Ciao Sandra." Lisa beendete das Gespräch. Eine Nachricht von Klara ploppte auf.

„Wenn du magst, kannst du in der Pension frühstücken." Ein Zwinkersmiley folgte. *„Oh Klara, dich schickt der Himmel.",* sagte sie sich. *„Hej, ich würde dein Angebot super gerne annehmen und fahre gleich los."* Lisa schickte die Nachricht ab. Schnell griff sie sich ein schwarzes T-Shirt, eine

110

blaue Jeans und Socken. Packte ihr Handy und das Ladegerät in ihren Rucksack. Schnappte sich ihre Hausschlüssel, den Schlüssel für den MINI, ihre Sonnenbrille, die Jeansjacke und zog ihre flachen schwarzen Chucks an. Ein Blick auf ihre Uhr sagte ihr, sie würde gut eine Stunde zum Frühstücken haben. Fünf Minuten später war sie bei Klara angekommen. Verbotenerweise fuhr sie die Abkürzung über den Strandweg, den sie sonst mit dem Rad befuhr. Außen herum wäre sie eine gute Viertelstunde länger unterwegs. „Du bist meine Rettung heute Morgen.", begrüßte sie Klara, als diese ihr im Flur entgegenkam. „Du kannst dich an deinen alten Platz setzen, wenn du magst." „Kann ich dir etwas helfen?" „Nein, Kaffee steht schon bereit." Lisa formte ein Herz mit ihren Händen und ein stilles *„Danke!"* mit ihren Lippen.

Klara flitzte schon wieder in die Küche. Der Frühstücksraum war zu dieser frühen Zeit gut besucht. Sie nahm sich lächelnd ein Mohnbrötchen aus dem Brotkorb. Klara kam herein und konnte aus dem Augenwinkel ihre Freude bemerken.

Unterhalten konnten sie sich nicht mehr, denn ehe Klara Zeit gefunden hätte, musste Lisa schon wieder aufbrechen. Sie brachte das Geschirr in die Küche, um sich wenigstens

bedanken und verabschieden zu können. Lisa schloss für einen Moment die Küchentür. Sie trat von hinten an Klara heran, legte ihre Arme um sie. „Danke schön. Es tut mir leid, aber ich muss jetzt los." „Ist ok. Melde dich, wenn du Zeit findest. Pass bitte gut auf dich auf. Ich weiß leider nicht, was ich dir wünschen soll."
Lisa sah Klara tief in die Augen und küsste sie sanft auf die Stirn. Dann war sie verschwunden. Sie startete den MINI, während Klara sehnsuchtsvoll aus dem kleinen Bullauge neben der Eingangstür schaute.
„Hoffentlich ging alles gut!", waren ihre Gedanken.

Um viertel nach elf erreichte Lisa den Kreisverkehr am Ende der Autobahn A24 in Hamburg. Bis zum Gelände des LKAs war es eine knappe halbe Stunde. Sie lief mit schnellen Schritten auf das sternförmige Gebäude zu. Da sie bereits öfter im Rahmen ihrer Tätigkeit beim BKA hier zu tun hatte, fand sie sich schnell zurecht und lief am Empfang direkt in Sandras Arme.
„Wie immer. Perfekt getimt." „Glück gehabt und ein schnelles Auto.", zuckte Lisa mit den Schultern. Beide umarmten sich. Sandra blickte Lisa lange in die Augen. Sie erledigten die Formalitäten und ließen sich von dem LKA-

Beamten Lutz Kiesemeier auf den neuesten
Stand bringen.

„Dann lass uns loslegen!" Da Lisa Lea zweifels-
frei erkannt hatte, verzichteten sie auf eine Ge-
genüberstellung. Sandra griff ihre Akte und betrat den Verhörraum. Lutz Kiesemeier nahm in
einer Ecke ebenfalls Platz. Die Formalitäten und
Förmlichkeiten waren erledigt. Sandra, in dun-
kelblauer Jeans, weißer Bluse und anthrazitfar-
benen Blazer gekleidet, kam direkt zur Sache.
Lisa nahm im Nebenraum Platz, wo sie jedes
Wort verfolgte. „Mareike Thomsen Ihnen wird
vorgeworfen, am 14. Juli letzten Jahres im
Frankfurter Stadtteil Westend die BKA-Beamtin
Lisa Martensen in eine Falle gelockt zu haben."
Lisa blickte gebannt auf ihre Reaktion. Mit ver-
steinerter Miene starrte Lea auf die Tischplatte.
„Haben Sie verstanden, was ich Ihnen gerade
sagte?" „Ja!" „Möchten Sie sich zu dem Vor-
wurf äußern?" „Hat Lisa den Vorfall überlebt?"
„Wie meinen Sie das?" Sandra ließ sich ihre
Verwunderung nicht anmerken. Lisa starrte
entsetzt gegen die blickdichte Scheibe.
„Überlebt?", schoss es ihr durch den Kopf.
„Wollten die mich umbringen?"
„Ist Lisa am Leben? Geht es ihr gut?" „Frau
Thomsen, beantworten Sie bitte meine Fragen.
Hatten Sie im letzten Juli im Frankfurter

Westend eine Wohnung?" „Ja, hatte ich. Das
wissen Sie! Sonst wäre ich kaum hier!"
Lisa zuckte zusammen und ballte eine Faust in
ihrer Hosentasche. *„Hatte ich womöglich Glück
gehabt? Glück, dass ich überhaupt noch am Leben
bin?"*
„Bitte erzählen Sie mir, in welchem Zusammenhang Sie mit dem Überfall stehen." „Ich
brauchte Geld. Ich hatte Schulden." Mareike
Thomsen stützte sich in ihre Hände. Sie fing bit-
terlich an zu weinen.
Lisa ließ sich in den Stuhl sinken. Fassungslos
von Leas Worten. *„Du…Du hast mich verkauft?
Um deine Schulden zu begleichen?"*
„Ich wollte…ich brauchte…ich musste…", stot-
terte Mareike Thomsen schluchzend vor sich hin.
Sandra sagte mit ruhiger Stimme.
„Ich…ich…ich…, haben sie auch nur einen Moment lang an Lisa Martensen gedacht?"
„Wie kam es zu dem Überfall? Was haben Sie
getan? Im Moment reden wir hier noch von
Freiheitsberaubung. Ganz schnell wird daraus
Mordversuch. Wer sind die Männer und woher
kannten Sie die?" „Ich hatte gekokst…ge-
drückt…Joints geraucht…Das ganze ver-
dammte Zeugs. Mein Dealer hatte mich an seine
Bosse verraten. Eines Tages standen die vor
meinem Haus und lauerten mir auf. Haben mir

unmissverständlich klar gemacht, meine Schulden zahle ich ab sofort an sie! Die hatten mich wochenlang beobachtet und wussten von meinen Affären. Ich sollte eine Kamera aufstellen, damit sie alles mit ansehen konnten."

Lisa sprang von ihrem Stuhl, rannte in den nächsten Toilettenraum und erbrach sich. Bei der Vorstellung, sie wurde mit Lea gefilmt, wurde ihr speiübel.

„Das haben Sie dann auch getan, Frau Thomsen? Haben Sie eine Kamera in ihrer Wohnung installiert?" „Ja, das habe ich zugelassen. Was sollte ich denn tun? Mir stand das Wasser bis zum Hals." „Sie hätten sich Hilfe holen können. Zur Polizei gehen!" „Pffff, Polizei, dass ich nicht lache! Die waren doch selbst involviert!"

„Das sind schwerwiegende Vorwürfe. Können Sie das beweisen? Haben Sie einen Namen?"

„Ja, habe ich! Einer hieß Stefan. Sie nannten ihn Bullen-Stef." „Und der Nachname?" „Glauben Sie, ich habe mir seinen Ausweis zeigen lassen?"

Lisa kehrte zurück. Sie verfolgte die Vernehmung
weiter

„Zurück zur Kamera. Wie lief das ab? Wer hat ihnen die Kamera installiert? Wie wurde das

Bildmaterial weitergeleitet?" „Ich habe Bullen-Stef meinen Schlüssel überlassen."

Bei dem Namen Bullen-Stef begannen Lisas Gedanken zu rasen. *Woher kenne ich diesen Namen?*"

„Einfach so?" „Sie haben mir gedroht. Sie wollten mich vergewaltigen oder umbringen, was weiß ich. Was hätte ich denn tun sollen?" „Also haben Sie sich mit Stefan verabredet, ihm ihren Schlüssel ausgehändigt. Und dann?" „Dann bin ich in der Stadt umhergeirrt und habe gewartet, bis sie fertig waren. Per SMS bekam ich ein Zeichen, ich könne den Schlüssel wieder abholen."

„Haben Sie die Telefonnummer noch?" „Ja."

„Es wird ein Prepaid Handy gewesen sein. Aber zeigen Sie mir bitte die Nummer." Mareike Thomsen kramte ihr Handy aus ihrer Handtasche und reichte es Sandra. „Das Handy haben ihre Kollegen doch schon auseinandergenommen." „Zeigen Sie mir bitte die Nummer!" Mareike Thomsen scrollte durch ihre Nachrichten und gab Sandra das Handy mit der geöffneten SMS.

„Danke. Warten Sie bitte einen Moment." Sandra verließ den Raum. Das Handy gab sie zur erneuten Prüfung einem Beamten. Dieses Mal einem Kollegen des BKA, wo es andere, bessere Sichtungsmöglichkeiten gab.

Lisa hörte im Nachbarzimmer Sandras Stimme. Diese öffnete einen Moment später die Tür, blickte Lisa fragend an. „Wie geht es dir?" „Ich bin ok. Der Name Bullen-Stef, den habe ich schon mal gehört. Ich weiß den Zusammenhang nicht mehr." „Wir finden ihn!"

Dann verließ Sandra den Raum. Sie betrat den Verhörraum und nahm erneut gegenüber Mareike Thomsen Platz. „Wie oft haben Sie ihre Wohnung in der darauffolgenden Zeit den *Tätern überlassen?"* Die Worte Tätern überlassen stellte Sandra in Anführungszeichen. „Ich weiß es nicht. Ein paar Mal. Immer donnerstags. Keine Ahnung warum." „Wie lief das weiter ab?" „Ich machte ein Date aus, hatte Sex mit den Damen." „Gab es besondere Wünsche an Sie." „Ich sollte möglichst nichts verdecken. Beim Lecken konnten Sie am besten sehen. Oder wenn ich hinter den Frauen saß und sie mit der Hand befriedigte. Sie sagten, dass würde sie am meisten anmachen. Die Kamera war nur auf das Bett ausgerichtet."

„So war es bei mir nicht. So haben wir uns nicht geliebt.", schoss es Lisa sofort in den Kopf.

„Wie kam es zu dem Überfall auf Lisa Martensen, Frau Thomsen?" „Lisa war donnerstags nie bei mir. Darauf habe ich explizit geachtet. Ich mochte Lisa wirklich. Aber dieser Stefan hat sie zweimal ins Haus kommen sehen. Kurz vor dem Überfall.

Er stand plötzlich in meiner Wohnung, nachdem Lisa eines Tages gegangen war. Ich war stocksauer, weil er sich den Schlüssel hat nachmachen lassen. Er stieß mich durch die Wohnung, war extrem aggressiv. Wollte unbedingt wissen, wer die Frau sei, die gerade das Haus verlassen hatte. Ich sagte, ich wüsste nicht, wen er meint. Dann stieß er mich heftig gegen die Wand und brüllte mich an. *„Meine feine Lesbenkollegin meine ich!"* Er erschrak sich so sehr über seinen Ausdruck, dass er von mir abließ und davonrannte. Zwei Wochen später stand er wieder plötzlich vor mir und gab mir genaue Anweisungen, wie ich Lisa in meine Wohnung locken sollte. Ich habe mich nie an einem Donnerstag mit ihr verabredet und dachte, sie würde vielleicht darüber stolpern und einfach nicht kommen!" „Was geschah dann an dem Donnerstag, den 14 Juli, Frau Thomsen." „Ich hatte mich mit Lisa verabredet. Es dauerte etwas, bis sie mir antwortete. Das war ungewöhnlich. Ich hatte die Hoffnung, Lisa würde nicht erscheinen. Als ich endlich eine Antwort bekam, riss er mir das Handy aus der Hand. Ich konnte die Nachricht nicht mehr öffnen und auch nicht mehr antworten. An mehr kann ich mich nicht erinnern. Die Stunden bis zum nächsten Morgen sind ein einziger Filmriss. Ich wachte in einem Zimmer auf, das ich nicht kannte. Ich wusste nicht, wo ich war und wie lange ich in diesem Zimmer lag. Immer wieder fielen mir die Augen zu. Irgendwann stand dieser Stefan plötzlich vor mir. Er gab mir unmissverständlich zu verstehen, mein altes Leben, so wie ich es kannte, sei vorbei. Ich sollte aus Frankfurt verschwinden und mich nie wieder blicken lassen. Meine Schulden hätten sich beglichen. Und dann sagte er: *„Und wenn du nicht verschwindest, ereilt dich das gleiche Schicksal wie sie!"*, er schnippte mit den Fingern direkt vor meinen Augen und flüsterte *„Dann pusten wir dir auch das Licht aus!"*

Bevor Lisa zum BKA wechselte, war sie in Hessen beim LKA tätig. Sie überlegte fieberhaft, ob sie aus dieser Zeit einen Stefan kannte. Ihr wollte niemand einfallen. Sie konnte sich auch nicht daran erinnern, jemals über ihr Privatleben gesprochen zu haben. Geschweige denn, jemand sah sie mit einer Frau.

Lisa fasste sich an den Kopf. *„Kollege…Stefan…warum fällt mir dazu kein Gesicht ein…kein Nachname."*

Sandra zog die Augenbrauen zusammen. „Er vermutete, dass Lisa zu diesem Zeitpunkt tot war?" „Definitiv! Das konnte ich in seinen

Augen sehen. Er war sich sicher, Lisa war nicht mehr am Leben." „Die anderen Männer, können Sie uns etwas zu denen sagen? Wie viele waren es?" „Es waren mindestens zwei. Die Stimmen klangen unterschiedlich. Eine war eher hoch und piepsig. Die andere tiefer. Ich habe sie aber nicht gesehen." „Können Sie Stefan näher beschreiben. Wir versuchen ein Phantombild anzufertigen. Sind sie nach dem Überfall in ärztlicher Behandlung gewesen? Hat man nachweisen können, warum sie das Bewusstsein verloren?" „Nein! Ich hatte Angst! Ich wollte nur noch weg! Raus aus Frankfurt!" „Wo haben sie danach gelebt?" „Erst in Köln, später in Berlin. Im Moment lebe ich in Hannover." „Was wollten sie am Freitag in Hamburg? Ich hatte Sehnsucht nach einer Frau. Ich habe mein altes Leben hinter mir gelassen. Liebe, ich bin auf der Suche nach Liebe."

„Zufall? Dann war das Kennenlernen auf der Dating Plattform nur ein Zufall?" Lisa konnte keinen klaren Gedanken fassen.

Lea stützte ihren Kopf in beide Hände und blickte Sandra an. „Ist Lisa noch am Leben?" „Die Vernehmung von Mareike Thomsen ist für heute beendet."

sprach Sandra in das Aufnahmegerät. Sie schloss die Befragung fürs Erste. „Dazu kann ich Ihnen keine Auskunft geben." Mareike Thomsen stand

unter Verdacht an der Beteiligung des Mordver-
suches an Lisa Martensen. Auch wenn Sandra sie
für ein Opfer hielt. Entscheiden müsste dies ein
Haftrichter.

Als Sandra zu Lisa in den Raum trat, sah sie eine
sichtlich aufgewühlte Lisa.

„Also, ich fasse mal zusammen: Eigentlich bin
ich tot! Ein verdammt übler Ex-Kollege hat sich
mit zwei *„Freunden"* über mich hergemacht. Mit
K.O. Tropfen oder etwas Ähnlichem handlungs-
unfähig. Mich nicht vergewaltigt, übelst zuge-
richtet. Mit einem Messer verletzt. Mich wegge-
worfen oder ausgesetzt oder wie auch immer
ich es nennen soll. Und ich hatte *Glück*, die Folgen überlebt zu haben? So in etwa? Und dass
das Alles ans Licht kommt, haben wir einem
verdammten *Zufall* zu verdanken? Dass wir
jetzt, ein Jahr später, hier sitzen?" Lisa raufte
sich die Haare. „Wir müssen erstmal davon aus-
gehen, es war ein Kollege von dir aus Frankfurt.
Aus deiner Zeit *vor* dem BKA! Hattest du mit ir-
gendjemandem von deinen Kollegen Stress? Je-
mandem vor den Kopf gestoßen? Du hast dein
Privatleben immer zurückgehalten. Woher
sollte dieser Stefan wissen, dass du mit Frauen
zusammen bist." „In der Frankfurter Zeit gab es
keine Frau an meiner Seite. Ich war immer Sin-
gle. Ich hatte mehrere Affären. Die Längste und

Intensivste mit Lea." „Wir warten auf das Phantombild. Vielleicht kommen wir damit weiter. Solange sie glauben, du seist tot..." „Kann ich mich nicht frei bewegen!" Lisa blickte Sandra fragend an. „Es ist sicher von Vorteil, auf deiner Insel zu sein! Kannst du den Menschen dort vertrauen?" „Ja!" Lisa schloss ihre Augen. Sie fühlte sich in diesem Moment unendlich leer. Wut stieg in ihr auf. Sie war dieser Situation hilflos ausgeliefert. Sandra drückte ihr zum Schluss ein Handy in die Hand. „Hierüber bleiben wir in Kontakt. Melde dich bitte ausschließlich über diese Nummer und nur bei mir! Es ist noch nicht vorbei!" „Übernehmt ihr die Rückgabe von meinem Leihwagen?" „Gib mir die Schlüssel. Ich kümmere mich darum. Wie kommst du zurück?" „Eine Freundin kann mich in Lübeck abholen. Ich schicke ihr gleich eine Nachricht." „Gut, dann bringe ich dich nach Lübeck!" „Danke, Sandra."

Lisa zog ihr Handy aus dem Rucksack. Sie stellte den Flugmodus aus. Keine neuen Nachrichten. Nachdem sie Klaras Nummer gewählt hatte, meldete diese sich. „Hej, hast du es geschafft? Kann ich dich irgendwo abholen?" „Kannst du bitte nach Lübeck zum Citti Park, an die Tankstelle dort, kommen? Erkläre ich dir später. Danke, Klara." Sandra nickte ihr

aufmunternd zu. „Gute Idee mit der Tankstelle." Zwanzig Minuten später saß Lisa neben
Sandra auf dem Beifahrersitz. Sandra nahm bewusst die entlegenste Ausfahrt aus dem LKA-
Gebäude. Während der Fahrt aus der Stadt
wechselte sie auffällig häufig die Spur. Sie fuhr
nicht den direkten Weg auf die Autobahn.
„Glaubst du wir werden verfolgt?" Lisa blickte
immer wieder in den Rückspiegel. „Nein. Aber
sicher ist sicher." Schweigend fuhren sie bis zur
Autobahnauffahrt Stapelfeld.
„Wie geht es dir?" „Ich dachte, es würde mir…"
Lisa machte eine Pause. „…ganz ok gehen. Aber
jetzt. Ich weiß nicht, ob ich wütend, ängstlich
oder panisch sein sollte." „Panik und Angst sind
keine guten Begleiter. Das weißt du. Hast du es
mit professioneller Hilfe versucht?" „Nein, ich
dachte, ich komme so klar. Der Tag heute hat alles wieder aufgewühlt. Wenn ich mir ausmale,
ich sollte in deren Augen tot sein…" „Kümmere
dich bitte, dass dir jemand hilft!" Lisa blickte
nachdenklich aus dem Seitenfenster. Die Landschaft flog an ihr vorbei.
Sandra ließ sie einen Moment mit ihren Gedanken allein.
„Hast du jemanden, wo du heute Nacht bleiben
könntest?" Diese Frage versetzte Lisa einen
Stich ins Herz. Klara? Klara durfte sie auf

keinen Fall in irgendeine Gefahr bringen.

„Glaubst du ich bin auf Fehmarn wirklich sicher?" „Eine hundertprozentige Sicherheit gibt es nicht. Das weißt du auch, Lisa." „Ich frage Klara, ob ich bei ihr bleiben kann." „Das ist gut."

Sandra setzte den Blinker und fuhr in Lübeck Moisling von der Autobahn A1 ab. Von weitem erkannte Lisa den titangrauen Octavia Kombi. Sie deutete Sandra auf den Wagen am Straßenrand.

„Clever. Sie parkt abseits vom Trubel." Sandra parkte hinter Klaras Wagen und stieg aus ihrem schwarzen 5er BMW. Wie selbstverständlich ging sie an die Fahrertür und klopfte an die Scheibe.

Verdutzt öffnete Klara. „Ja, bitte?" Lisa trat neben den Wagen und blickte Sandra mit zusammengekniffenen Augen an. Als Klara Lisa bemerkte, öffnete sie die Tür. Sandra blieb Klaras freudiges Lächeln nicht verborgen. „Hallo, ich bin Sandra. War ein langer Tag. Habt noch einen schönen Abend zusammen."

Zum Abschied nahm sie Lisa in den Arm. „Bei ihr bist du in guten Händen. Pass trotzdem gut auf dich auf!" Lisa blickte Sandra nach. „Wir hören voneinander?!" Dann drehte sie sich zu Klara und ließ sich in ihre Arme fallen. „Du siehst

furchtbar aus." „Danke! Lass uns bitte direkt los-
fahren."

Beide stiegen in den Wagen. Klara startete den
Motor. Sandra folgte bis zur Autobahnauffahrt.
Während Klara rechts in Richtung Puttgarden
abbog, fuhr Sandra weiter und lenkte über die
Brücke auf die Auffahrt nach Hamburg.

Im Radio lief ein Klassiksender. „Magst du reden?" „Erstmal bitte nicht." Klara beschleunigte
auf die Überholspur und gab Gas. Das Gedankenkarussell konnte Lisa nicht stoppen.

Als sie auf Höhe des Parkplatzes kurz vor der
Insel waren. „Können wir hier bitte kurz anhal-
ten?!" Klara drosselte ihre Geschwindigkeit,
setzte den Blinker und rollte auf den hintersten
Bereich des Parkplatzes, von wo aus man fuß-
läufig ans Wasser gelangte. Klara erinnerte sich
an die Stelle von der Lisa ihr in der Nacht, als
sie aus Frankfurt kam, erzählte. Lisa stieg
schweigend aus dem Wagen. Klara war unschlüssig, ob sie ebenfalls aussteigen sollte,
blieb schließlich im Wagen. Von weitem sah sie,
wie Lisa sich immer wieder die Haare raufte
und schließlich ein paar Mal etwas auf das Meer
schrie. Sie schüttelte sich, putzte sich die Nase,
schmiss das Taschentuch demonstrativ in den
Mülleimer und stieg zurück in den Wagen.
„Besser?" „Entschuldige bitte. Das musste jetzt

einfach raus. Das darf nicht mit auf die Insel. Nicht zu uns." Vorsichtig nahm sie Klaras Hand und blickte ihr tief in die Augen. „Heute Nacht möchte ich nicht allein sein. Hast du ein Zimmer frei?" „Ja, habe ich. Meins!"

Klara startete den Motor, wendete, fuhr zurück auf die Landstraße und passierte die Brücke zur Insel.

Lisa öffnete das Beifahrerfenster und atmete tief ein und aus. Wie selbstverständlich fuhr Klara direkt zur Pension. „Komm!" Beide verließen den Wagen und stiegen die Treppe zu Klaras Appartement hinauf. „Möchtest du erstmal duschen oder ein Wannenbad nehmen?" „Die Dusche wäre genau richtig. Hast du bitte eine Boxershorts und ein langes

T-Shirt für mich?" „Kommt sofort."

Klara ging in ihr Schlafzimmer und kam mit einer rosa-weiß gestreiften Boxershorts und einem hellblauen T-Shirt zurück.

„Lass dir Zeit. Möchtest du etwas essen oder trinken?" „Ein Glas Wasser wäre erstmal super. Bis gleich." Lisa legte ihre Kleidung behutsam auf den dunkelgrauen Fliesenboden, öffnete die Glastür und stellte sich unter eine heiße Dusche. Es fühlte sich an, als müsste sie ihr altes Leben komplett   einseifen   und   abspülen.   Mit strubbeligen nassen Haaren, in Boxershorts und T-Shirt stand Lisa kurze Zeit später in Klaras Küche.

„Hübsch." Klara konnte sich ein Grinsen nicht verkneifen. Lisa sah an sich hinunter und deutete auf die rosa Streifen in der Shorts. Beide bekamen einen Lachanfall. Wohlwissend, dass sie kein rosa trägt, hatte Klara sich bewusst für diese Shorts entschieden. Lisa war froh um diesen gelösten Moment.

Auf ihrer Dachterrasse hatte Klara in der Zwischenzeit eine Decke, sowie ein paar Kissen und Kerzen platziert. Leise Musik lief im Hintergrund. Die Sonne war längst untergegangen. Trotzdem war es eine laue Sommernacht. Klara lehnte sich gegen ihr Loungesofa und griff nach einem Glas Wasser, welches sie Lisa reichte. Sie legte ihren Kopf auf Klaras Beine und nahm das Glas entgegen.

„Können wir heute bitte einfach den Moment genießen?" Klara legte ihre Hand an Lisas Arm und streichelte sie sanft. Erschöpft schlief Lisa wenig später ein. Klara konnte ihren Blick nur schwer von ihr lösen. Immer wieder zuckte Lisa im Schlaf. War es richtig, sie schlafen und böse träumen zu lassen, oder sollte sie Lisa einfach wecken. Kaum hatte Klara den Gedanken verworfen, schlug Lisa erschrocken die Augen auf.

„Du hast geträumt." „Wie spät ist es?" Klara reckte sich nach ihrem Handy. „Kurz nach zwölf." „Wann klingelt dein Wecker morgen früh?" „Um fünf." „Möchtest du schlafen gehen?" „Am liebsten würde ich die ganze Nacht hier mit dir sitzen." Lisa lächelte. „Und auf mich aufpassen." „Genau, all die bösen Geister, die um dich herumschwirren, vertreiben." Klara machte ein grimmiges Gesicht. Lisa blickte gedankenversunken in den Sternenhimmel. *„Einen Penny für deine Gedanken."*

Klara blickte auf den großen Wagen, der über ihnen am Himmelszelt stand. Lisa rappelte sich hoch und reichte ihr eine Hand. „Komm, lass uns schlafen gehen." Wie vertraut und doch so fremd dieser Satz in ihren Ohren klang. Sie legte ihre Hand in Lisas und ließ sich hochziehen. Wie gerne würde sie Lisa endlich einmal richtig innig küssen. Lisa ging voraus und zog Klara an der Hand hinter sich her. *„Vielleicht gingen ihr die gleichen Gedanken durch den Kopf?"*, überlegte Klara. Verwarf diesen Gedanken jedoch sofort wieder, als Lisa sie ins Bad schob und selbst im Wohnzimmer verschwand.

Klara blickte traurig auf ihr Spiegelbild und seufzte. Kaltes Wasser fand den Weg in ihr Gesicht. Sie griff zum Handtuch trocknete es und nahm sich ihre Zahnbürste. Ihr Gesicht cremte sie ein und tropfte sich Augentropfen in jedes Auge. Sie warf sich ihren pink-weiß gepunkteten Bademantel über, trat in den Flur und rief Lisa zu. „Ich geh kurz runter und hole dir eine Zahnbürste." Keine Reaktion.

Klara stieg in ihre Birkenstock und lief die Treppe zur Pension hinunter. Mit einer neu eingepackten Zahnbürste kam sie zurück ins Wohnzimmer. Lisa war bereits auf dem Sofa eingeschlafen. Enttäuscht und doch wohlig warm ums Herz bei ihrem Anblick, nahm sie eine Decke und legte diese vorsichtig über sie. Die Zahnbürste lag auf dem Tisch. Klara ging schlafen, lag eine Weile wach, doch ehe sie einen Gedanken anfangen konnte, fielen ihr die Augen zu. Mitten in der Nacht schreckte sie auf. Lisa schmiss sich, in einen tiefen Alptraum gefangen, von einer Seite auf die andere. Diesmal ging sie entschlossen auf Lisa zu. Vorsichtig stupste sie Lisa am Arm, wovon sie nicht wach wurde. Klara setzte sich neben sie auf das Sofa, nahm sie beherzt in beide Arme und rüttelte sie wach.

Es dauerte einen Moment, ehe Lisa begriff, wo sie war. Von Klara ging keine Gefahr aus. „Komm mit zu mir.", flüsterte sie. Lisa folgte ihr über einen Umweg ins Bad. Dass Klara in dieser Nacht nur wenig Schlaf finden würde, war ihr egal.

Lisa kehrte aus dem Bad zurück zum Sofa, wo sie einen Schluck Wasser trank. Auf Zehenspitzen ging sie ins Schlafzimmer. Sie setzte sich behutsam auf die Bettkante, blickte Klara fragend an. Sie öffnete ihren rechten Arm und deutete an, sie möge sich zu ihr legen. Lisa legte ihren Kopf in Klaras Arm, umschlug sie und kuschelte sich an sie. Eng umschlungen fiel sie in einen tiefen Schlaf.

11. Kapitel

Klara wachte vor dem Wecker klingeln auf. Lisa lag auf dem Bauch und hatte ihr rechtes Knie halb aus dem Bett hängen. Sie bewegte sich nicht, sondern schlief tief und fest. Leise schloss Klara ihre Schlafzimmertür und ging zum Bad. Unter der Dusche merkte sie, keine Klamotten aus dem Kleiderschrank mitgenommen zu haben. *„Mist, wie doof!"*, durchfuhr es sie. Nur in ein Handtuch gehüllt, denn auch der Bademantel lag im Schlafzimmer, schlich sie zurück. Lisa lag noch genauso dort und schlief. Einen Moment blieb sie stehen und schaute ihr liebevoll beim Schlafen zu. Um kurz nach sechs bereitete Klara im Frühstücksraum das Frühstück vor. Geschirr klapperte und das Radio lief leise im

Hintergrund. Klara deckte die Plätze ein, bereitete das kleine Büffet vor und fuhr mit ihrem Rad, wie jeden Morgen, um kurz nach halb sieben zum Bäcker, um frische Brötchen für ihre Gäste zu holen.

An diesem Morgen bat sie um eine extra Tüte mit vier einzelnen Brötchen. Klara wollte zusammen mit Lisa frühstücken. Auf dem Rückweg sah sie von weitem, Lisa war bereits aufgestanden und deckte auf der Dachterrasse den Tisch. *„An diesen Anblick könnte ich mich sofort gewöhnen."* Sie stellte ihr Rad hinter der Gartenpforte ab, nahm ihre Radtasche. Gerade als sie die Tür öffnen wollte, blickte sie in zwei himmelblaue Augen. „Guten Morgen.", flüsterte Lisa. „Kann ich dir etwas helfen?" Klara öffnete die Radtasche, nahm die kleinere der Brötchentüten heraus und drückte sie Lisa in die Hand. „Wenn du magst, können wir gemeinsam frühstücken. Ich brauche hier ungefähr ne halbe Stunde. Dann bin ich wieder bei dir. Du kennst dich ja oben aus."

Lisa nahm freudestrahlend die Brötchentüte entgegen und verschwand barfuß auf der Treppe nach oben. Auf Klaras Dachterrasse war neben den Loungemöbel aus einem Sofa und einem Sessel aus Paletten Holz Platz für einen Tisch mit zwei Stühlen. Sie bereitete das Frühstück. Um kurz vor acht stand Klara mit einer

Kaffeekanne in der Hand vor ihr. „Den nehme ich immer aus meiner Kaffeemaschine von unten mit hoch. Oder möchtest du lieber etwas anderes trinken?" „Kaffee ist perfekt." Lisa nahm Klara die Kanne aus der Hand, zog sie sanft an sich und hielt sie einen Moment ganz fest. „Danke, Klara. Du tust mir gerade so gut. Und ich weiß nicht, ob…" Klara löste sich aus der Umarmung, legte ihre Hände an Lisas Wangen und blickte ihr tief in die Augen. „Es ist alles gut, so wie es ist." Lisa blickte an sich herunter und empörte sich spielerisch. „Schau mich an. Ich trage rosa Boxershorts!" „Und die stehen dir ganz ausgezeichnet. Vor allem zu deinem verschlafenen verstrubbelten Look." Klara wuschelte mit beiden Händen durch ihre Haare. „Hunger?" „Und wie. Habe ich alles gefunden oder vermisst du etwas auf deinem Tisch?" „Sieht gut aus." Beide frühstückten in Ruhe. Um halb zehn brach Lisa auf. Um zehn wollte sie bei Tom in der Surfschule sein. „Kommst du nachher bei uns vorbei, wenn du Zeit hast?" „Wie lange bist du heute bei Tom eingespannt?" „Ich glaube bis um drei ungefähr." „Okay, dann sehen wir uns später." Lisa lief den Weg zu ihrer Kate zu Fuß. Schnell warf sie sich neue Klamotten über, schnappte sich ihr Rad aus dem Schuppen und raste zu Tom. Er hockte vor dem Container und sortierte die Neoprenschuhe nach Größen. „Dass die Kids die Schuhe immer durcheinander würfeln." „Gibt halt immer was zu tun, hm." „Apropos, magst du bitte drei kleine Surfsegel bereitlegen." „Na klar. Haben sich neue Kids angemeldet?" „Geschwister.", antworte Tom gedehnt. Lisa lachte laut auf. Als Einzelkind konnte sie da nicht mitreden. „Hast du Geschwister, Tom?" „Einen jüngeren Bruder. Er ist bei meiner Mom auf Amrum geblieben."

Tom war wie Lisa ein Inselkind. Er ist auf Amrum aufgewachsen und wie sie hatte Tom nach dem Abitur seine Insel verlassen. „Bleibst du hier oder zieht es dich irgendwann wieder zurück oder ganz woanders hin?" „Du machst dir Gedanken wegen Klara?" Lisa starrte Tom mit großen Augen an.

„Was soll ich sagen. Es ist nicht zu übersehen, wie ihr euch selbst im Weg steht." „Hm. Touché würde ich sagen. Du hast ein gutes Gespür. Wie lautet deine Lösung?" „Die müsst ihr beide allein finden. Ich sehe zwei Frauen, die sich anziehend finden. Ihr begegnet euch auf Augenhöhe. Allerdings ist da auch eine große Angst, etwas zu überstürzen oder zu verlieren. Lasst euch Zeit."

Lisa blickte nachdenklich auf das Meer vor ihr.

Tom erhob sich aus dem Sand. Die Surfschüler waren angekommen. Lisa war froh um die Ablenkung. Sie sprang hoch und folgte ihm.
Die Geschwister Manuel, Inken und Per, dreizehn, elf und neun Jahre alt, schlenderten den Steg hinunter. Ihr Vater Kai begleitete seine drei Kinder. „Moin zusammen. Hat jemand von euch schon Berührungen mit einem Surfbrett gehabt?" Allgemeines verneinen war die Antwort. „Dann kommt bitte einmal mit zu den Neopren Anzügen. Kai möchtest du auch einen haben?", rief Tom aus dem Container. „Nein danke. Ich gucke mir das Ganze vom Strand aus an." Lisa stieg in ihren Neo, schlüpfte in ein weißes UV-Shirt und ging mit Per zu den Boards an den Strand. „Was machen wir jetzt?" „Wir zeigen euch ein paar Trockenübungen am Strand, bevor es auf das Wasser geht. Könnt ihr alle schwimmen?" „Ja, wir sind alle im Schwimmverein." „Das hört sich gut an."
Tom begann mit den Trockenübungen. Die drei lauschten mehr oder weniger aufmerksam.
Lisa nahm sich ein Board und schob es ins Wasser.
Kurze Zeit später folgte ihr Tom mit den Dreien. Per hatte Mühe sein Board ins Wasser zu schieben. Kai eilte zur Unterstützung und half seinem Jüngsten. Blieb aber sofort an der

Wasserkante abrupt stehen. „Ist ok Papa. Ich schaffe es schon."

Tom stutzte kurz. Folgte jedoch Per ins Wasser. Inken hatte den Dreh am schnellsten heraus. Sie hatte bei den Trockenübungen sehr aufmerksam zugeschaut. Um möglichst schnell zu lernen, wandte sie sich an Lisa. Diese ließ ihr Segel fallen, setzte sich auf ihr Board, ließ ihre Beine im Wasser baumeln und leitete Inken an. Sie zog das Segel Stück für Stück aus dem Wasser. „Puh ist das schwer." „Sobald das Wasser vom Segel runtergeflossen ist, geht's leichter." Ehe Lisa den Satz vollendete, fiel Inken samt Segel vom Board. Sie prustete das Wasser aus ihrem Mund. „Wenn du spürst, der Druck im Segel wird weniger, dann nicht mehr so stark ziehen." „Okay!" Mühsam zog sie sich auf das Board. „Alles ok?" Lisa wäre sofort zur Stelle gewesen, wenn sie bemerkt, ein Schüler oder eine Schülerin hätte Schwierigkeiten. Das mochte Tom. Das Gespür und wie sie sich auf die jeweiligen Personen einstellen konnte. „Ja. Geht schon." Inken blieb erstmal neben Lisas Board. Sie ließ die Beine im Wasser baumeln und schaute auf ihre beiden Brüder. „Manuel macht's auch nicht besser. Er fällt immer wieder rein." Lisa blickte zu Tom, Per und Manuel hinüber. „Hm, hier geht es nicht um gut, schlecht oder besser. Der Spaß steht bei uns im Mittelpunkt. Wenn wir euch den Spaß am Surfen vermitteln können, dann kommt der Rest von allein. Es ist wie bei vielen Sportarten. Üben, üben, üben! Hinfallen, aufstehen, stolpern, weiterlaufen. Wenn du merkst, dir macht etwas keinen Spaß und du möchtest nur anderen Menschen einen Gefallen tun, dann kannst du das gleich vergessen." Inken hörte aufmerksam zu. „Zeigst du mir das mit dem Segel rausholen bitte nochmal?" „Na klar."

Lisa stellte sich auf das Board, nahm die Schot in die Hand. „Siehst du, erstmal ist das ganze Wasser auf dem Segel. Du ziehst es Stück für Stück hoch und je weiter du das Segel draußen hast, desto leichter fühlt es sich an. Hast du es ganz aus dem Wasser, hältst du den Mast erstmal ruhig, bis sich dein Board ausgerichtet hat. Jetzt probiere es bitte noch einmal." Beim nächsten Mal funktionierte es viel besser. Inken hielt den Mast genauso wie Lisa es tat. „Schau, jetzt greifst du mit der rechten Hand ungefähr hier an den Gabelbaum und mit deiner linken Hand ungefähr so weit auseinander daneben. Hintern rein nicht rausstrecken. Super." Inken nahm ein wenig Fahrt auf. Lisa surfte neben ihr, ohne ihr in die Quere zu kommen oder den Wind zu rauben. „Wenn der Wind nachlässt, kannst du mit der linken Hand den Gabelbaum ein wenig wegdrücken, damit fierst du dein Segel auf. Wenn du wieder Fahrt aufnehmen möchtest, ziehst du es wieder zu dir ran. Prima machst du das." Inken freute sich sichtlich über Lisas Lob. „Das Segel bzw. den Mast nach vorne schieben und schon fällst du etwas ab. Wenn du das Segel bzw. den Mast nach hinten ziehst, luvst du an. Klasse Inken." Tom hatte mit seinen Jungs weniger Glück. Manuel und Per maulten die ganze Zeit rum, sie hätten gar keine Lust zum Surfen. Ihr Vater es nur so cool finden würde. „Warum surft Kai nicht mit euch?" „Sein Bruder ist ertrunken. Seitdem meidet er alles, was auf oder mit dem Wasser zu tun hat." Manuel schaute zu seinem Vater hinüber.

„Warum schickt er dann seine Kinder aufs Wasser?", fragte sich Tom. „Wo ist eure Mom?" „Abgehauen! Hat's nicht mehr ausgehalten." „Ok Jungs, wenn ihr keinen Spaß habt, dann kommt bitte zurück zum Strand." Tom zog die Boards auf den Sand. „Wenn ihr Lust habt, haut euch in die Hängematte oder geht schwimmen. Ich rede mal mit Kai."

Er schaute einen Moment auf Lisa und Inken. Hier hatte er das Gefühl, beide hatten Spaß.

„Hej Kai, Inken scheint es zu gefallen." „Sieht so aus." „Für Manuel und Per war das nix! Die zwei haben keine Lust zum Surfen." „Was? Wie kommst du darauf?" „Offensichtlich haben sie mehr Spaß *im* als aufm Wasser!" „Quatsch, surfen ist doch voll cool." „Warum machst du es dann nicht selbst, anstatt deine Jungs vorzuschieben?!"

„Wie bitte?" „Komm mit und probiere es aus!" „Ich…ich kann nicht." „Warum nicht?"

Kai blickte mit Tränen in den Augen aufs Meer. „Mein Bruder…Nils…er ist vor meinen Augen ertrunken…ich…ich konnte ihn nicht retten…"

„Verstehe. Das tut mir sehr leid. Hast du seitdem Angst vorm Wasser?" „Ja oder nein, nicht wirklich Angst. Respekt!" „Okay. Traust du dich zu deinen Jungs ins Wasser? Sie haben eine Menge Spaß und toben herum. Komm wir gehen zusammen rüber."

Zögerlich folgte Kai Tom zum Wasser. Er zog sein T-Shirt aus und watete vorsichtig hinein. „Ich komm gleich nach." Tom hatte eine Idee. Er holte aus dem Container einen Football fürs Wasser. Er gab Manuel ein Zeichen und warf ihm den Football entgegen. Mit einer Kopfbewegung deutete Tom ihm an, den Football seinem Vater zuzuwerfen. Ohne zu zögern, schmiss Kai sich ins Wasser, um den Football zu fangen. Er tauchte auf und warf Per den Ball zu. Sofort schmiss er ihn seinem Vater zurück.

Wieder schmiss sich Kai ins Wasser. Immer und immer wieder warfen sie Kai den Football zu. Inken nahm das Gejohle vom Wasser aus wahr. Sie ließ vor Schreck das Segel fallen, als sie ihren Vater mit ihren Brüdern im Wasser toben sah. Versteinert blickte sie auf die Szenerie. Tränen liefen ihr über beide Wangen. Lisa ließ sofort ihr Segel fallen, hechtete ins Wasser und kraulte zu Inken hinüber. Vorsichtig zog sich Lisa auf das Board.

„Hej Inken. Was ist los? Hast du dir weh getan?" „Schau…Papa…er…er ist im Wasser." Lisa verstand nichts. Für sie waren vier Menschen im Wasser, die sichtlich Spaß miteinander hatten.

„Ist das denn ungewöhnlich?" „Ja! Papa war seit zwei Jahren nicht mehr im Wasser. Damals ist Onkel Nils ertrunken. Papa war dabei und…" „Du musst nicht weiterreden. Komm wir gehen auch rüber." Sie schwamm zu ihrem Board zurück und surfte mit Inken an den Strand. Kurz vorher gab sie Inken ein Zeichen. „Schwimm zu ihnen. Ich kümmere mich um dein Board." „Wirklich?" „Na los, ab mit dir." Lisa brachte erst ihr Board zum Strand, schwamm zu Inkens rüber und holte es ebenso an den Strand. Sie verfolgte die Familie im Wasser. Inken schwamm zu ihrem Vater hinüber, stürzte sich in seine Arme. Die Jungs machten es ihr nach. Tom watete aus dem Wasser, schüttelte sich die nassen Haare aus und setzte sich neben Lisa in den Sand. „Hatten die beiden keine Lust?" „Ne, das machte ihnen so gar keinen Spaß. Im Gegensatz zu ihrer Schwester?" „Inken hatte richtig Fun. Bis sie ihre Familie tobend im Wasser entdeckt hat. Da hat sie vor Schreck das Segel fallen lassen und heftig geweint. Ich dachte erst, sie hätte sich weh getan." Tom erzählte Lisa von dem Unglück mit Kais Bruder Nils und wie es ihm gelang die drei gemeinsam ins Wasser zu bekommen. „Manchmal ist es so simpel." „Wenn sich doch vieles so einfach lösen ließe." Lisa seufzte gedankenverloren.

„Na komm, ich glaube die Boards brauchen sie heute nicht mehr." Lisa entdeckte Klara vor dem Container. „Warte mal bitte mit zwei Boards, vielleicht gehen wir beide raus."

„Oooookay."

Lisa lief los und umarmte Klara.

„Wollen wir eine Runde surfen?" „Puh, ich glaube schwimmen und chillen wäre mir lieber." „Okay, ich räume nur kurz mit Tom die Sachen weg."

Kurze Zeit später ließ sie sich neben Klara auf die Decke fallen. „Hast ein bisschen wenig

Schlaf heute Nacht bekommen, hm?"
„Oooooooch…?!?" Klara fing an zu lachen. „Und
bevor du ein schlechtes Gewissen bekommst,
lass uns schwimmen gehen." „Da lass ich mich
nicht zweimal bitten." Lisa folgte ihr zum Wasser. Zusammen drehten sie ein paar Kraulrun-
den.
Von weitem war plötzlich ein Donnergrummeln
zu hören. „Häää, wo kommt das jetzt her?!"
Klara war sichtlich enttäuscht, aus dem Wasser
zu müssen. Sie drehten sich um und blickten in
eine schwarze Wolkenwand. Die ersten Tropfen
trafen sie. Schnell packten sie ihre Sachen zusammen und rannten zu den Rädern. „Zu dir?"
Klara blickte sich um. Lisa zwinkerte ihr zu. „Ist
dichter." „Schon klar." Patschnass erreichten sie
Klaras Schuppen. „So ein Mist. Das war doch so
gar nicht vorhergesagt." „Komm schnell rein."
Triefend nass ließen sie ihre Klamotten in Klaras Badewanne fallen. „Spring schnell unter die
Dusche." „Nur wenn ich die hübsche Shorts
nochmal bekomme." „Du bekommst eine andere, genauso Hübsche." Lisa stieg unter die
Dusche. Trotz der immer noch warmen Temperaturen fröstelte sie leicht. Als Lisa aus der Dusche kam, fiel ihr Blick auf ein rosa T-Shirt und
eine hellblaue Frotteeshorts. „Für dich habe ich
hier ein schwarzes Shirt. Aber rosa steht dir

auch." „Sorry." Sofort zog sie sich das Shirt über den Kopf. Klara sah zum ersten Mal bewusst auf die Narbe an Lisas Rücken. Vorsichtig legte sie ihren Zeigefinger darauf. „Eine Erinnerung aus Frankfurt." Lisa blickte Klara im Spiegel an und deutete auf die leere Dusche. Nachdem Klara fertig war, machten sie es sich auf einer ausgebreiteten Decke in Klaras Wohnzimmer gemütlich. Lisa stütze sich auf ihren rechten Ellenbogen.

„In Frankfurt…" Sie machte eine Pause.

„Ich bin…ich war kein Beziehungstyp. War ich eigentlich noch nie." Aufmerksam hing Klara an ihren Lippen. „In meinem Job hatte ich keinen Kopf und auch nicht wirklich die Zeit. Es gab einige Frauen in meinem Leben. Alles Affären."

Klara stand auf und öffnete eine Flasche Rotwein. Sie stellte ein paar Käsewürfel dazu. Lisa lächelte. „Danke…Cheers…" „Auf die Zukunft. Entschuldige, ich habe dich unterbrochen." Lisa wechselte in den Schneidersitz. „Meine letzte Affäre hätte mich, so wie es sich augenscheinlich entwickelt, fast das Leben gekostet." Klara schrak entsetzt zusammen. „Die Kurzversion: Lea, wie ich mittlerweile weiß, ist ihr richtiger Name Mareike, hatte sich mit den falschen Leuten eingelassen." Lisa versuchte Klara so wenig

Angst oder allzu große Sorgen wie möglich zu bereiten. „Ich wurde bei einem Überfall von diesen Typen mit einem Messer am Rücken verletzt. Daher ist die Narbe." Klara blickte traurig und entsetzt. „Hat man dich…wurdest du…" „Nein, vergewaltigt haben sie mich nicht." „Ich weiß nicht, was ich sagen soll." „Du musst nichts sagen. Ich spüre, wie sehr dich das verletzt und wieviel dir an mir liegt. Nicht nur zum Sandförmchen Kuchen backen." „Blödi." Lisa gelang es, die Stimmung zwischen ihnen aufzulockern. „Deine Alpträume. Du hast auf dem Sofa letzte Nacht sehr, sehr unruhig geschlafen und vermutlich schreckliche Dinge geträumt." „Ich dachte, ich käme allein zurecht. Aber ich muss mir professionelle Hilfe suchen. Das hat Sandra mir auch nahegelegt." „Sandra ist eine Kollegin?"

„Meine Chefin, also meine Ex Chefin beim BKA."

Klara bekam große Augen.

„Warum hatte sie dich nach Lübeck gefahren?"
„Um sicher zu gehen, dass mir niemand folgt."
„Bist du denn in Gefahr?" *Mist!* Lisa erschrak über ihre Ausführung. So detailliert wollte sie Klara gegenüber noch nicht werden. „Sandra würde sagen, ich bin hier sicher, aber eine hundertprozentige Sicherheit gibt es in unserem Job

nicht." „Verstehe." „Klara, wenn du Angst hast, kann ich es verstehen. Dann bleibe ich ab sofort von dir fern." „Tu das bitte nicht!" Klara richtete sich auf, nahm Lisas Gesicht in beide Hände und sah sie an. „Gib mir…gib uns eine Chance." Lisa legte ihr Gesicht in Klaras Hand. „Ich habe Angst, dich zu verletzen." „Dann tu's doch einfach nicht!" Klara hatte ein Gespür Situationen aufzuheitern. Lisa lächelte. „Ich gebe mir Mühe! Darf ich heute Nacht nochmal bei dir bleiben?" „Sehr gern und sooft du magst."

Sandra blickte zufrieden auf das Phantombild, welches mit Hilfe von Mareike Thomsen angefertigt wurde.
„Damit lässt sich hoffentlich etwas anfangen!"
Sie zog ihr Handy aus der Tasche und wählte Lisas Nummer.
„Die von ihnen gewählte Nummer ist nicht…"
Sandra nahm ihr privates Telefon, wählte mit unterdrückter Nummer Lisas private Nummer und sprach ihr auf die Mailbox.
„Ruf mich bitte mit der anderen Nummer zurück, wenn du das hier gehört hast!"
„Dein Handy oder meins?" Beide sahen sich suchend nach ihren Handys um, als sie das Vibrieren hörten. „Meins ist es nicht.", hörte Lisa Klara sagen. „Unterdrückte Nummer." Lisa

stutze. Sie griff in ihren Rucksack und nahm das Handy von Sandra aus der Tasche. „Hast du zwei Handys?" Klara klang misstrauischer als sie wollte. „Seit Freitag. Dieses hier ist ein gesicherter Draht zu Sandra. Ich rufe sie kurz zurück." Lisa setzte sich auf das Sofa. Klara verließ das Wohnzimmer und schaute nach den nassen Klamotten, die sie zum Trocknen aufgehängt hatte. „Lisa, Danke, dass du zurückrufst. Wir haben das Phantombild!"
Lisa griff sich aufgewühlt in die Haare.
„Kannst du es mir bitte schicken?" „Heute noch? Oder möchtest du eine Nacht drüber schlafen." „Nein, mach's bitte gleich. Ich bin bei Klara. Es ist ok." „Gut, ich schicke es umgehend. Melde dich bitte, wenn dir etwas dazu einfällt. Und Lisa! Keine Alleingänge!" „Hab's verstanden! Danke. Ich melde mich."
Lisa beendete das Gespräch. Sie legte das Handy beiseite und schaute, wo Klara steckte. „Ah, hier bist du." „Alles ok?" „Sie haben ein Phantombild… Sandra schickt es mir gleich." „Von dem Täter?" „Zumindest von einem." Klara atmete tief durch. Ihr wurde bewusst, sie war mitten in einem Teil einer polizeilichen Ermittlung. „Soll ich auch lieber heimfahren, Klara?" „Nein, bitte bleib bei mir."

Sandra fotografierte das Phantombild von *Bullen-Stef* ab und schickte es ab.

Lisas Handy vibrierte. Klara spürte die Anspannung. Beide blickten sich wortlos an. Lisa schaltete das Handy ein, öffnete das Foto, schloss ihre Augen, atmete tief durch und besah sich das Phantombild. Gebannt schaute Klara auf ihre Reaktion. Lisa kniff ihre Augen zusammen. Ihr Blick war voller Zorn und Verachtung.

„Kommt dir das Bild bekannt vor?", vorsichtig trat Klara neben sie. Abrupt trat Lisa einen Schritt zurück, so als wollte sie Klara schützen. „Er kann mir nichts tun!"

Lisa drehte das Handy und zeigte Klara das Bild.

„Ich kenne den, aber ich weiß nicht woher."

Lisa nahm am Küchentisch Platz und raufte sich ihre Haare. Wieder und wieder sah sie auf das Bild. Dann legte sie das Handy zur Seite und rannte ins Bad. Klara hörte wie sie sich übergab und anschließend die Zähne putzte. Kreidebleich kehrte sie zurück und fiel Klara in die Arme. Sie war so überrascht. Sie hatte Mühe, Lisa nicht fallen zu lassen. Lisa zitterte am ganzen Körper. Behutsam führte Klara sie zum Schlafzimmer und legte sie in ihr Bett. Sie schlug die Bettdecke über ihre Beine. „Legst du dich bitte zu mir und hältst mich einfach nur im

Arm." Es war kurz nach sechs, als Klaras
Handy klingelte. Sie machte keine Anstalten
aufzustehen. „Das ist dein Handy!" „Springt
auf die Mailbox." Eine Zeitlang lagen sie
schweigend nebeneinander. Lisa rappelte sich
schließlich hoch. „Hast du auch Hunger?"
„Mein Magen knurrt verdächtig. Magst du ein
Brot oder etwas anderes?" „Ein Brot wäre
schön." Gemeinsam gingen sie in die Küche.
Klara öffnete ihren Kühlschrank. „Es gibt Käse
oder Käse?" „Dann nehme ich die Salami!"
„Witzbold. Eine oder zwei Scheiben? Tomate
und Gurke dazu?" „Zwei gerne. Tomate und
Gurke klingt super." Lisa deckte zwei Teller
auf. Draußen tröpfelte es weiterhin.
„Wir können im Bett essen."
„Das habe ich ewig nicht gemacht. Aber nicht
krümeln." Unvermittelt nahm Lisa Klara ihren
Teller aus der Hand. Sie zog Klara nah an sich.
Fast hätten sich ihre Lippen berührt. „Danke!"
„Wofür?" „Dass du einfach für mich da bist."
Sie küsste Lisa auf die Stirn, zu mehr fehlte ihr
der Mut. Die Regentropfen prasselten gegen die
Scheibe. Im Hintergrund donnerte es laut. Bei
Kerzenlicht ließen sie sich ihre Brote schme-
cken. Lisa hatte Mühe ihre Gedanken im hier
und jetzt zu halten. „Wie geht es jetzt weiter,
wo ihr ein Phantombild habt?" „Ich zermartere

mir den Kopf. Sandra wird das Bild den Kollegen zeigen. Vielleicht haben sie Glück und jemand erkennt ihn." „Mhm…"

Klara blickte nachdenklich aus dem Fenster. Lisa räumte das Geschirr zurück in die Küche. „Morgen wieder um fünf?" Klara atmete künstlich schwer. „Wie jeden Morgen." „Dann solltest du bald schlafen, hm." Klara schwang die Beine über die Bettkante. „Du hast recht! Nützt ja nix."

Nach Klara verschwand Lisa zum Zähneputzen im Bad. Lisa legte sich zu ihr, breitete ihren Arm aus. Klara schmiegte sich nah an sie. Lisa starrte an die Decke. Ihre Gedanken rasten. Sie fand keine Ruhe. Als Klara gleichmäßig in ihrem Arm atmete, traute sie sich, ihr behutsam über den Kopf zu streicheln. Sie drehte sich vorsichtig, so, dass sie in ihre Haare atmen konnte. Sanft küsste sie ihren Kopf. Lisa war hundemüde, ihre Beine fingen an zu zucken, doch sobald sie ihre Augen schloss, kamen die Bilder des Überfalls zurück. Sie zuckte und riss die Augen auf. Klara schlief weiter. *Nur nicht Klara wecken. Keine zweite schlaflose Nacht.*

Kaum hatte sie den Gedanken zu Ende gedacht, drehte sich Klara auf den Rücken.

„Kommst du nicht zur Ruhe?" „Ich kann meine Augen nicht zumachen.", flüsterte Lisa. „Tut mir leid. Soll ich nach Hause gehen oder rüber zum Sofa? Du brauchst deinen Schlaf."

Klara gähnte herzhaft. Ein Blick auf ihren Wecker zeigte zwar erst halb zehn, aber etwas mehr Schlaf als in der letzten Nacht sollte sie schon bekommen.

„Ich komme gleich wieder." Lisa verließ das Schlafzimmer, um ein Glas Wasser zu trinken. Klara verschwand im Bad. Sie legte sich zurück ins Bett. Das Rollo war noch hochgezogen, so konnte die Laterne vor der Pension etwas Licht ins Schlafzimmer spenden. Klara legte sich auf den Bauch und robbte auf Lisa zu. Sie stütze sich auf ihre Ellenbogen. Lisas himmelblaue Augen konnte sie gut erkennen. Einen Moment lang schauten sie sich an, bis Lisa es war, die Klaras Haare hinter ihr Ohr strich. Behutsam zog sie Klara zu sich hinunter.

Zärtlich berührten sich ihre Lippen. Klara öffnete ihren Mund und ließ Lisas Zunge gewähren. Leidenschaftlich küssten sie sich. Sie sprachen nicht miteinander. Sie kuschelte sich schließlich an Lisas Rücken. Sie schlang ihre Arme um sie, so als wollte sie alle Gefahren von ihr abwenden. Lisa lächelte und streichelte liebevoll Klaras Arm. Ruhig schliefen beide ein.

12. Kapitel

Ihr Wecker riss sie aus dem Tiefschlaf. Lisa
grummelte kurz und schlief weiter. Klara
blickte müde auf ihr verschlafenes Spiegelbild
im Bad. Sie legte ihre Lippen übereinander und
schloss ihre Augen, so als könnte sie Lisas Lippen nachspüren.
Sie drehte ihre Dusche auf das kalte Wasser. Irgendwie müsste sie richtig wach werden.
Sie beschloss, sich nach den Vorbereitungen für
das Frühstücksbüffet, wieder ins Bett zu legen.
Selbst die Tour zum Bäcker fiel ihr heute
schwer.
Zurück in der Pension stellte Klara auf jeden
Tisch eine Kanne Kaffee. Drei extra Kannen
platzierte sie neben dem Büffet. Sie blickte in
den Raum, um sich zu vergewissern, an alles
gedacht zu haben. *„Bitte, lasst mich noch etwas
Schlaf nachholen."*
Mit einem schlechten Gewissen krabbelte sie
zurück zur schlafenden Lisa.
Es war kurz nach acht, als Lisa auf den Wecker
blinzelte. Behutsam versuchte sie Klara zu wecken.
„Klara…Klaaaaara…", leicht grummelnd
schlug sie die Augen auf. „Du oder wir haben
verschlafen. Es ist schon nach acht." „Ich war

schon hoch, schlaf ruhig weiter." Lisa streckte
sich, legte sich auf den Bauch, Klara drehte sich
zu ihr und schlief noch einmal fest ein."
Als Klara um kurz vor halb elf ihre Augen auf-
schlug, lag sie allein im Bett. Da sie Lisa nir-
gendwo finden konnte, nahm sie an, sie war mit
Tom verabredet. Klara zog sich an, richtete ihre
Haare zum Zopf und ging sofort in die Pension
hinunter, um nach dem Rechten zu sehen.
Sie blickte irritiert in den Frühstücksraum. Alle
Tische waren leer. Das Büffet fein säuberlich ab-
geräumt. Aus der Küche hörte Klara klappern-
des Geschirr. Lisa kam freudestrahlend auf sie
zugelaufen und küsste sie auf die Wange.
„Hej Schlafmütze." „Moin. Was machst *du*
hier?"
Innerlich schlug Klara ihre Hände vors Gesicht.
Lisa, nur in Shorts, T-Shirt, Flip-Flops und einer
Schürze bekleidet, schaute Klara pikiert an.
„Wie…was mache ich hier. Du räumst doch immer das Geschirr nach dem Frühstück in die
Spülmaschine. Et voilà." Lisa öffnete die Tür
und deutete hinein. „Hat dich jemand gesehen?" „Na klar, alle waren begeistert von meinem Tabledance!" Jetzt schlug Klara ihre Hände
sichtbar vors Gesicht. „Entspann dich. Natürlich habe ich gewartet, bis niemand mehr da
war. Wobei, den kleinen Noah habe ich aber

151

wohl verschreckt, als er mir am Bein klebte und ich ihn auf den Arm nehmen wollte. Er drehte sofort um und rannte wieder weg." „Oh je. Der Arme. Seit wann bist du schon wach?" „Ich konnte nicht wieder einschlafen. Kurz vor neun bin ich aufgestanden. Kurz nach zehn bin ich dann runter." „Danke schön." Nach dem ersten Schreck bereitete sich eine wohlige Wärme in ihr aus. Klara gab der Küchentür einen leichten Schubs. Beide gingen aufeinander zu, liebevoll strubbelte sie durch Lisas Haare. Ihre Lippen berührten sich.

„Frühstück in den oberen Gemächern?" „Unbedingt. Die Kaffeemaschine überlasse ich lieber dir." Lisa zog die Schürze über den Kopf, stellte die Spülmaschine an, küsste Klara auf die Wange und verschwand aus der Tür. Tief bewegt seufzte Klara. Mit einer Kaffeekanne in der Hand ging sie später zurück in ihre Wohnung. Lisa hatte den Tisch auf der Dachterrasse gedeckt. „Daran könnte ich mich gewöhnen." „Du schläfst aus und ich kümmere mich um die Pension?" „Zum Beispiel. Über die *Arbeitskleidung* sollten wir dann einmal nachdenken." Den Begriff Arbeitskleidung führte sie in Anführungszeichen an. „Verstehe ich nicht." „Pfffff. Wie sieht dein Tag heute aus?" „Schatz…!" Klara verdrehte spielerisch ihre Augen. „So

152

nenne ich dich sicher nicht!" „Schaaaaadeeee."
Beide fingen herzhaft an zu lachen.
„Tom plant heute nicht mit mir. Ich schaue später zuhause vorbei. Sonst habe ich nichts ge-
plant. Konntest du diese Nacht etwas mehr
Schlaf finden?" „Ein bisschen schon. Ich lege
mich nachher nochmal aufs Ohr. Hast du noch
lange über das Phantombild nachgedacht?"
„Schon eine ganze Weile. Geschlafen habe ich
aber ganz gut. Oder war ich wieder so unruhig?" „In der Nacht zuvor war es heftiger."
Klara gähnte herzhaft. „Entschuldige! Kaffee?"
„Unbedingt. Heute Nacht bleibe ich bei mir. Du
brauchst deinen Schlaf." „Hm, musst du aber
nicht." „Wollen wir morgen Nachmittag zusammen surfen? Ich bin bis zum Nachmittag bei
Tom eingespannt." „Morgen liegt bei mir, soweit ich weiß, nichts an. An- und Abreisen sind
erst am Samstag." Beide frühstückten gedankenversunken weiter.
Am frühen Nachmittag verabschiedete sich
Lisa. Sie nahm Klara in ihren Arm, blickte ihr
tief in die Augen. „Bist du sicher, dass du mit
mir zusammen sein kannst?" Klara küsste Lisa
innig und lange als Antwort. Lisa überkam ein
wohlig wunderbares Gefühl. Sie war erstaunt,
wie entspannt und wohl sie sich in Klaras Nähe
fühlte. „Das fühlt sich schön an. Bis später und

Danke für alles." Sie schnappte sich ihren Rucksack und lief fröhlich pfeifend die Treppe hinunter. Klara drehte die Musik laut auf und lächelte vor sich hin.

Ihr Rad holte sie aus Klaras Schuppen und fuhr über den Deich nach Hause. Ihre Klamotten kamen zu den anderen in die Waschmaschine.

Lisa startete das Programm. *„Ein Kessel Buntes - wie mein Leben.",* sinnierte sie in sich hinein. Für einen Moment hatte sie all das Schwere um sich herum vergessen. Nach einem Blick in ihren Kühlschrank war das Abendessen gesichert. Erstmal griff sie sich ein Glas und füllte es mit Leitungswasser.

An ihrem Schreibtisch öffnete sie den Laptop, um ihre Mails zu checken. Eine Nachricht des Dating Portals fand sie in ihren eingehenden Mails.

Sie verschob sie ungelesen in den Papierkorb. Das Dating Portal öffnete sie, löschte alle ein und ausgehenden Nachrichten. Lisa wählte, ohne nachzudenken, den Button *Account löschen.*

„Sind sie sich sicher, dass sie ihre Zugangsdaten löschen möchten." Lisa klickte auf *JA.*

Dann startete sie die anstehenden Updates. Der Laptop startete automatisch neu.

Lisa druckte das Phantombild auf ihrem Drucker aus. Mit einem Dartpfeil, die sie immer an einem der Holzbalken im Wohnzimmer hängen hatte, fixierte sie das Bild. Der Pfeil durchbohrte die Stirn.

„Ich kriege dich. Da kannst du sicher sein!"

Lisa griff ihre Schwimmsachen, nachdem sie die Wäsche im Garten aufgehängt hatte und machte sich auf den Weg zur Surfschule. Vielleicht half ihr etwas Abwechslung mit einem SUP-Board, um auf andere Gedanken zu kommen. Tom begrüßte sie mit einem breiten Lächeln. Sie ließ sich wie ein nasser Sack in seinen Arm fallen. „Moin, harte Nacht gehabt? Du siehst etwas müde um die Augen aus." „Hej, etwas wenig Schlaf bekommen die letzten beiden Nächte. Ich geh ne Runde mit dem SUP raus." „Mach das. Viel Spaß dabei. Bis später." Tom verabschiedete sich und öffnete den Container, um die Surfschule für diesen Tag startklar zu machen. Vorgebuchte Termine gab es an diesem Tag keine. Lisa nahm sich ein SUP vom Träger, ein Paddel dazu, zog sich ein hellgrünes UV-Shirt über und schob das Board ins Wasser. Gemächlich zog sie ihr Paddel durch das seichte klare Wasser. Das sanfte Geräusch des plätschernden Wassers tat ihr gut. Ihre Gedanken kamen zur Ruhe. Balsam für ihre aufgewühlte

Seele. Eine schnatternde Ente begleitete ihren Weg ein Stück. Gleichmäßig glitt sie vorwärts. Leichte Paddelbewegungen reichten. Lisa konnte die Ruhe aushalten und genießen. Ihre Gedanken blieben nah bei ihr. Tiefe bewusste Atemzüge drangen in ihren Körper. Eine gute Stunde weilte sie auf dem Meer. Auf dem Rückweg zum Strand ließ sie sich vom Board fallen, schwamm einige Züge mit dem SUP im Schlepptau. Bevor sie das Board zurückbrachte, ließ Lisa sich etwas treiben. Sie dachte an Klara und die beiden Nächte. Lisa fühlte sich bei ihr sehr geborgen. Klaras unkomplizierte direkte Art mochte Lisa sehr und vor allem ihren feinen Humor. Eine kleine Sehnsucht kam in ihr hoch, Sie nahm sich vor, später kurz bei ihr vorbeizufahren.

Zurück am Strand gesellte sie sich zu Tom auf einen Liegestuhl. Er stöberte in einem Magazin. „Guckst du nach neuem Material für die Schule?" „Tatsächlich ja. Wing Foiler sollten wir mit aufnehmen. Was meinst du?" „Hast du das schon mal gemacht?" „Einmal. Das war ein bisschen tricky." „Ich kann mir das so gar nicht vorstellen." „Hm, also eher keine gute Idee?" „Ich kann mir nicht vorstellen, ob das ankommt. Wie sind die Anfragen dazu?" „Gen Null." Lisa fing herzhaft an zu lachen. „Hm, klingt ausbaufähig.

Kannst du von der Schule gut leben?" „Geht so. Im Sommer muss ich ordentlich ranklotzen, um mir den Winter hier leisten zu können. Wir beide könnten uns überlegen, wie wir den Spot noch weiter nach vorn bringen. Vorausgesetzt, das wäre etwas für dich?" „Du bietest mir gerade einen Job an?" „Wenn du es so nennen möchtest. Ich könnte mir das gut vorstellen!" „Hm, dazu kann ich im Moment nichts sagen. Tut mir leid." „Ist ok. Behalte es im Hinterkopf." Lisa blickte Tom an, als wollte sie sich von der Ernsthaftigkeit seines Angebotes überzeugen. Tom blätterte weiter.

Seine Gedankengänge katapultierten sie in das nächste Gedankenkarussell. Sie schloss ihre Augen und dachte an Klara. Sie würde sich bestimmt sehr freuen. Tom riss sie aus ihren Gedanken, genauso wie er sie hineinmanövriert hatte. Lisa schrak hoch.

„Ich mach mich auf den Weg." „Wie spät ist es, Tom?" „Gleich halb sieben." „Okay, ich breche auch auf. Bis morgen." „Jo."

Lisa nahm ihre Sachen und ging zu ihrem Rad. Kurz überlegte sie, direkt nach Hause zu fahren. Bei Klara vor der Tür angekommen, blieb sie stehen. Hin und hergerissen stellte sie ihr Fahrrad schließlich hinter der Gartenpforte ab und sprang die Stufen zur Wohnung hoch.

Klara, von den Geräuschen ihrer Treppe verwundert, erhob sich aus ihrem Loungesessel.
„Hej, was machst du denn hier?" „Ich wollte
dich sehen. Störe ich dich?" „Mein Lover klettert
gerade vom Dach. Komm schnell rein."
Klara öffnete die Wohnungstür. Lisa nahm sie in
ihre Arme. „Ich hatte Sehnsucht nach dir."
„Wirklich? Du bist doch vorhin erst los." Lisa
wollte nicht reden. Sie küsste Klara zärtlich. Die
Wohnungstür kickte Klara vorsichtig hinter sich
zu. Gerade noch hatte sie sich gewünscht, Lisa
würde vorbeikommen. Lange küssten sie sich.
„Ich wollte dir eine gute Nacht wünschen." Sie
blinzelte Klara zu.
Einen Moment später hielt Lisa ihr Rad in der
Hand und brach lächelnd auf.
Klara blickte von ihrer Dachterrasse nach. Sie
schlief sofort ein, als sie wenig später in ihrem
Bett lag. Als Lisa ihre Haustür aufschloss,
blickte sie mit voller Wucht auf das Phantombild.

**„Deshalb hängst du da, damit du mir nicht ent-
kommst!"**

Lisa fiel an diesem Abend ebenso schnell ins
Bett. Sie schloss ihre Augen. In Gedanken an

Klara schlief sie mit einem Lächeln ein. Es wurde trotzdem eine unruhige Nacht.

13. Kapitel

Mitten in der Nacht schoss Lisa hoch. In ihrem Kopf brodelte es, woher sie das Phantombild kannte.

Polizeischule Wiesbaden – Stefan Wagner – Polizeianwärter

Sofort rannte Lisa zu ihrem Laptop. Sie startete das Gerät. In die Suchleiste tippte sie *Stefan Wagner Hessen*. Bingo. Volltreffer. *Stefan Wagner Polizeikommissar Frankfurt Drogendezernat*. Lisa schloss den Laptop. Ihre Gedanken begannen zu rasen. Sie war hellwach. Es war zwei Uhr morgens. An Schlaf konnte sie jetzt nicht mehr denken. Sie musste sich zügeln. Hätte sie einen Wagen, wäre sie jetzt, mitten in der Nacht, los-gefahren. *„Keine Alleingänge!"*, hörte sie Sandras mahnende Worte in ihrem Kopf nachhallen. Sie zog Sandras Handy aus ihrem Rucksack und wählte ihre Nummer. Lisa wollte ihr auf die Mailbox sprechen. „Ja. Hallo. Lisa? Lisa, bist du das?" Lisa schrak zusammen, als sie Sandras schlaftrunkene Stimme hörte. „Sandra. Sorry. Ich wollte dich nicht wecken. Ich habe den Namen! Ich weiß, *wer* er ist!" Sandra war im gleichen Moment ebenso hellwach. „Wer ist es?" „Stefan Wagner. Sandra, er ist vom Drogendezernat Frankfurt! Wir hatten eine Fortbildung zusammen. Ich habe ihn im Netz gefunden!" „Lisa, ganz ruhig. Ich kümmere mich um ihn. Hörst du!" Lisa stand völlig neben sich. Sie hatte Mühe, sich auf Sandra zu konzentrieren. „L i s a ???" „Ja, ich bin hier. Ich habe Mühe im hier und jetzt zu bleiben." „Wo bist du?" „Zuhause. Ich bin bei mir zuhause." Sandra wollte Lisa nicht mitten in der Nacht zu Klara schicken, aber sie wollte sie ungern allein lassen. Sie spürte, wie aufgewühlt Lisa war. „Es ist mitten in der Nacht. Kommst du bis morgen früh zurecht?"

Sie hörte Lisa schnappatmen und fluchte innerlich. Sie konnte ihr in dieser Sekunde nicht beiseite stehen. Lisa nahm sich eine Tüte und versuchte ruhig zu atmen. Sandra hörte es knistern. „Lisa? L I S A !", brüllte Sandra in das Handy. „Ja, ich bin hier. Ich hatte eine Panikattacke. Es ist ok. Ich versuche ruhig zu bleiben. Sandra, ich komme nach Frankfurt." „Nein! Solange wir ihn nicht haben, bleibst du bitte, wo du bist!" „Ja, ich weiß ja. Du hast recht." „Lisa, ich erledige es für dich und halte dich auf dem Laufenden." „Ok. Danke und sorry nochmal, dass ich mitten in der Nacht angerufen habe." „Ich sagte, *jederzeit* und habe es auch genau so gemeint!" Sie beendeten das Gespräch. Lisa nahm sich ein Glas Leitungswasser. Sie setzte sich auf ihr Sofa. Das Phantombild fest im Blick. Sie griff zu den Dartpfeilen, die neben ihr lagen. *Nicht mit mir!* Lisa warf einen Pfeil und zielte auf das Bild am Balken. Sie traf zwischen die Augen.

Wir haben dich!

Es dämmerte bereits, als Lisa ihre Augen kaum noch offenhalten konnte. Sie wusste, dass sie Schlaf finden musste. Um kurz vor fünf kam für Lisa nur ein Schritt in Frage. Sie nahm ihr Rad und fuhr zu Klara hinüber. Sie stieg die Treppe zu Klaras Wohnung hoch. Vorsichtig drückte sie den Klingelknopf. *„Hoffentlich ist sie schon wach."* Mit großen Augen öffnete Klara ihre Wohnungstür. „Ohje, wie siehst du denn aus?" „Darf ich bitte reinkommen?" „Natürlich, ist etwas passiert?" Lisa erzählte Klara, was sie herausgefunden hatte. „Hast du Sandra schon informiert?" „Heute Nacht um halb drei!" Sie guckte betröbbelt. „Das war genau richtig. Ich glaube, du musst kein schlechtes Gewissen haben." Sie schob Lisa in ihr Schlafzimmer. „Versuch bitte etwas zu schlafen. Du hast bestimmt noch keinen Schlaf gehabt. Ich gucke nachher nach dir." Lisa fiel in Klaras Bett. Es dauerte keine viertel Stunde, bis sie eingeschlafen war. Als Klara am späten Vormittag nach ihr schaute, schlief sie tief und fest. Sie blieb einen Moment in der Schlaf-zimmertür stehen, blickte auf die schlafende Lisa und zog leise die Tür hinter sich zu. Auf der Dachterrasse setzte Klara sich an ihren Laptop und checkte ihren

Account nach neuen Buchungen. Um kurz vor zwei stand Lisa vor ihr. „Hast du ein wenig schlafen können?" „Ja, habe ich wirklich."
„Tom weiß Bescheid, dass du heute nicht kom-men kannst." Lisa überkam eine unfassbare Müdigkeit. Sie ließ sich neben Klara aufs Sofa fallen. Klara war erstaunt, als Lisa direkt wieder eingeschlafen war.
„Du Arme, schlaf dich richtig aus. Hier tut dir nie-mand was."
Sie wandte sich wieder ihrem Laptop zu. Immer wieder blickte sie auf die schlafende Lisa.
Es war, als ob ein Jahr Anspannung von Lisa abfiel. Sie schlief ruhig, tief und fest.
„Wie spät ist es Klara?" „Hej, da bist du ja wie-der. Kurz nach drei. Möchtest du etwas trinken oder essen?" „Beides gerne. Ist es ok, wenn ich

erst dusche?" „Ja klar, fühle dich bitte wie zuhause." „

Apropos, kannst du bitte mit zu mir kommen? Ich würde gerne ein paar Klamotten holen, wenn es ok ist."

Als beide vor der Kate ankamen, drehte sie sich um.

„Nicht erschrecken, Klara!" Sie folgte ihr. „Ach du sch..., Lisa, was hast du getan?" „Ich musste heute Nacht allein mit ihm hier verbringen."

„Würdest du ihn umbringen, wenn du den da treffen würdest?" Klara zog den Dartpfeil zwischen den Augen heraus. „Jetzt mit klarerem Kopf sage ich dir ganz klar: NEIN. Heute Nacht hätte ich es vielleicht getan." Lisa nahm das Phantombild ab und faltete es zusammen. Klara riss die Fenster weit auf. „Deine schöne Kate müssen wir von diesem schlechten Karma befreien. Aber wenn du magst, wohnst du erstmal bei mir, bis alles vorbei ist." „Danke." Lisa lief die schmale Treppe hinauf und packte ein paar Klamotten zusammen.

Hand in Hand liefen sie über den Deich zurück.

„Lisa, wir haben ihn. Stefan Wagner wurde soeben verhaftet." Sandra meldete sich am Abend bei Lisa. „Puuuuuuh, ich komme nach

Frankfurt!" „Ja, das wäre gut! Ich verschiebe die Vernehmung auf morgen Nachmittag."

Nachdem Lisa das Gespräch beendete, setzte sie sich zu Klara auf die Dachterrasse. „Ich fahre morgen früh nach Frankfurt, um die Vernehmung zu verfolgen." „Ist das denn nötig?" „Ja! Für mich ist es wichtig, damit ich abschließen kann." „Verstehe. Ich würde dich gerne begleiten, aber ich komme hier nicht weg." „In Gedanken bist du bei mir. Das bedeutet mir sehr viel!" Lisa ließ sich in ihre Arme sinken und schloss ihre Augen. „Dann ist es hoffentlich vorbei."

14. Kapitel

Am nächsten Morgen fuhren sie zum Bahnhof, wo ein Leihwagen für Lisa bereitstand, den Sandra tags zuvor organisiert hatte. „Melde dich bitte, wenn du in Frankfurt angekommen bist." Klara verabschiedete sich und stieg mit einem mulmigen Gefühl in ihren Skoda. Lisa stieg in den 3er BMW. Vom Hamburger Flughafen flog sie nach Frankfurt. Sandra hielt um die Mittagszeit am Terminal. Lisa stieg direkt zu ihr in den Wagen. „Hej! Danke, dass du mich abholst. Gibt es Neuigkeiten?" „Wir

haben die Namen der beiden anderen Täter. Bei einem haben wir eine Spur. Von dem Zweiten gibt es keinen Aufenthaltsort." „Endlich kommt dieser Albtraum in die richtige Richtung." Sandra startete ihren schwarzen 5er BMW. Ihre Fahrt ging direkt zum LKA nach Frankfurt. Sandra begleitete Lisa in den Nebenraum des Verhörraumes, wo Stefan Wagner soeben Platz genommen hatte. „Kommt er dir bekannt vor?" „Das Gesicht schon. Er hat eine Glatze! Damals hatte er dunkle kurze Haare." „Ok, dann legen wir mal los." An einen Beamten des LKA gewandt, deutete Sandra mit einem Kopfnicken an, er möge sie zur Vernehmung begleiten. „Hallo Herr Wagner. Wir beginnen mit der Befragung." Sandra verlas die Personalien und legte mit der Vernehmung los. Sie startete das Aufnahmegerät. „Stefan Wagner, in welchem Verhältnis stehen sie zu Mareike Thomsen." „Wer soll das sein?"
Sandra zeigte ihm Fotos aus einer Überwachungskamera, die ihn zweifelsohne dreimal vor Leas Haus zeigten. „Kommt die Erinnerung zurück?" „Ach Sie meinen Lea. Sagen Sie das doch gleich." Stefan Wagner bestätigte Leas Aussagen, die sie gegenüber dem LKA Hamburg gemacht hatte. „Warum der Überfall auf Lisa Martensen?" Stefan Wagner zuckte heftig

zusammen. Lisa blickte gebannt durch die verspiegelte Scheibe. „Die kleine Karriereschlampe!"

„*Neid?*", durschoss es Lisa.

„Fahren Sie fort!" „Wir hatten ein paar Fortbildungen zusammen. Lisa war so ehrgeizig. Hat die ganze Truppe mit ihrem Wissendurst genervt." „Welche Truppe?" „Meine damaligen Kollegen Marc, Lars und Reiner. Wir wollten ein bisschen abhängen in den Seminaren. Etwas Ablenkung vom Alltag. Sie wissen doch wie das ist." „Nein, weiß ich nicht!" „Ach, auch so eine von denen, die meinen, Frauen hätten einen besseren Führungsstil, hm?"

Stefan Wagner beugte sich auf den Schreibtisch und spielte mit seiner Zunge vor Sandras Gesicht.

Der LKA-Beamte Nils Weber wies ihn zurecht. Gelangweilt ließ er sich in seinen Stuhl zurückfallen.

„Warum Lisa Martensen?" „Warum, warum?! Lisa hielt sich für etwas Besseres. Mir war klar, sie wollte unbedingt zum LKA. Am liebsten direkt ins BKA. Ich bot ihr an, gemeinsam dorthin zu gehen. Das lehnte sie ab. Sie wies mich vor aller Augen zurecht."

Lisa versuchte sich die Fortbildungen ins Gedächtnis zu rufen. An eine derartige

Zurechtweisung, wie er es ausführte, konnte sie sich partout nicht erinnern. *„Du verwechselst Abweisen mit Zurechtweisen!"*

„Warum hat Lisa Martensen Sie zurechtgewiesen?" „Ich habe sie ein bissen angemacht, wollte mit ihr nach dem Unterricht etwas trinken gehen. Ein bisschen Spaß haben." „Und Frau Martensen wollte das nicht?" „Sie wurde richtig zickig, nachdem ich nicht lockergelassen hatte. Ich dachte, da steht sie voll drauf. Dass sie ne Lesbe ist, habe ich erst später geschnallt."

„Wann war das?" „Durch Zufall. Ich habe sie eines Abends in einem Club lasziv tanzen sehen. Dabei hatte sie nur Augen für die umherstehenden Frauen. Ein paar Mal habe ich sie beobachtet. Ich war ihr nachgefahren. Als ich sie dann bei Lea aus dem Haus kommen sah, war es mir klar. Nicht gleich beim ersten Mal. Aber nach mehreren Besuchen bei Lea hatte ich es gecheckt. Wir hatten Lea in der Hand. Den Rest wissen sie." „Wer ist WIR?" „Marc Schreiner und Tobias Hartmann."

„Du bist ja ein ganz Schlauer. Denkst du kommst so einfach davon, wenn du hier in Plauderlaune bist." Lisa zog die Augen zusammen.

„Marc Schreiner ist uns bekannt. Wer ist Tobias Hartmann?" „Tobi ist beim Drogendezernat in Hannover. Er hat sich nach dem Vorfall mit Lisa nach Hannover versetzen lassen Wir haben keinen Kontakt mehr."

Sandra deutete Nils Weber an, sie würde die Vernehmung kurzzeitig unterbrechen. Sie verließ den Raum. Sandra verständigte einen Kollegen beim BKA und ließ Tobias Hartmann ebenfalls zur Fahndung ausschreiben.

Sie betrat den Nebenraum. „Kommen dir die beiden Namen bekannt vor?" „Nein. Die Namen sagen mir beide nichts!" „Okay." Sandra verließ den Raum. Sie öffnete die Tür des Verhörraumes.

„Herr Wagner, schildern Sie uns den Tag des Überfalls auf Lisa Martensen." „Lea hatte es geschafft, Lisa an einem Donnerstag in ihre Wohnung zu lotsen. Wir drei empfingen sie dort!" „Wo war Frau Thomsen zu diesem Zeitpunkt?" „Die hatten wir mit K.O. Tropfen auf ihr Sofa gelegt." „Frau Thomsen war zum Zeitpunkt des Überfalls in der Wohnung?" „Ja!" „Was geschah dann?" „Wir hatten die Wohnungstür angelehnt. Als Lisa nichtsahnend eintrat, hat Tobi ihr sofort die Augen verbunden. Marc hatte ihr einen Lappen mit den gleichen Tropfen vor den Mund gehalten. Bei Lisa hatten wir eine geringere Dosierung verabreicht, damit sie immer mal wieder zu sich kam. Sie sollte schon auch ein bisschen Spaß mit uns haben."

„Du widerliches Schwein." Lisa überkam Ekel.
Sandra verbarg ihre innerliche Wut, ob der stolzen Erzählweise.

„Warum?" „Weil wir es konnten, weil wir es wollten und weil wir Spaß dabeihatten!"
Stefan Wagner beugte sich erneut auf die Tischplatte und stierte Sandra abstoßend und verachtend in die Augen. „Stefan Wagner, ich verhafte Sie wegen des Mordversuchs und der Freiheitsberaubung an Lisa Martensen! Abführen!"
Sandra beendete die Befragung und erhob sich.
Zwei Beamte betraten den Raum und nahmen Stefan Wagner in Gewahrsam.

„Moment. Moment! Wieso *Versuch*? Hat die Schlampe überlebt? Ist Lisa Martensen am Leben? Hört sie womöglich zu? Ich mach dich fertig du Miststück!"
Stefan Wagner brüllte Sandra hinterher. Die beiden Beamten hatten Mühe, ihm Handschellen anzulegen. Lisa schrak auf ihrem Stuhl zusammen. Sandra betrat wenig später den Raum.

„Solange wir die anderen Beiden nicht haben, bist du nicht sicher!" „Wie weit seid ihr bei Marc Schreiner?" „Er ist heute Morgen nicht zum Dienst erschienen. Zwei Zivilbeamte sind in diesem Moment auf dem Weg in seine Wohnung in Hofheim." „Und Tobias Hartmann?" „Ist zur

Fahndung ausgeschrieben. Die Kollegen in Hannover wissen Bescheid."

Klara kehrte zur Pension zurück. Sie bereitete das Zimmer im Dachgeschoss zum vorzeitigen Wechsel vor. Das junge Paar, welches das Zimmer gebucht hatte, musste kurzfristig abreisen. Klara freute sich über die sofortige Vermietung über ihr Buchungsportal. Neue Handtücher legte sie auf das frisch bezogene Bett, schloss die Fenster und stieg die Treppe hinunter. Ihr neuer Gast hatte sich angemeldet. Aus dem Bullauge blickend, sah Klara auf den Bulli vor der Tür. Sie öffnete die Pensionstür. „Moin. Schön, dass Du da bist. Komm bitte herein."
„Hallo, das nenne ich mal einen freundlichen Empfang." Klara reichte ihm die Anmeldekarte. Sie blickte auf den Wohnort. „Ah Hannover, dann war deine Anreise ja nicht so weit."
„Klara warf einen Blick auf den Namen."
„Tobias!" Er lächelte sie freundlich an.

Sandras Kollege vom BKA betrat den Raum. „Zugriff auf Marc Schreiner!" „Sehr gut! Danke. Und Tobias Hartmann?" „Noch keine Spur." „Gibt es eine Handyortung?" „Die läuft noch." „Okay. Danke." „Hannover. Warum Hannover?" „Kleine Stadt. Im Vergleich zu Frankfurt oder Berlin.", sinnierte Sandra. „Hm, verstehe ich trotzdem nicht. Diese ganzen verdammten Zufälle. Hatte Lea also Mareike Thomsen nicht ihren letzten Aufenthaltsort in Hannover?" Lisa grübelte und raufte sich ihre Haare. Dass Klara in Gefahr sein könnte, kam ihr nicht in den Sinn.

Klara reichte Tobias den Schlüssel für sein Zimmer. „Frühstück gibt es von um halb acht bis um zehn." „Danke.", sagte er zuvorkommend. Tobias Hartmann hatte Lea, als er zum Dezernat nach Hannover wechselte, nach wochenlanger akribischer Arbeit, ausfindig machen können. Er wollte sicherstellen, dass sie auf keine dummen Gedanken kam. Lea beobachtete er auf Schritt und Tritt. Am Freitag, den 14. Juli, verfolgte Tobias Hartmann Lea bis in die Schmilinskystrasse nach Hamburg. Als sie verhaftet wurde, hielt er sich im Hintergrund. Er traute seinen Augen kaum, als er *sie* ein paar Meter entfernt, sah: *Lisa*
Sie wurde von einem Beamten in Zivil angesprochen. Lea hatte er in diesem Moment verloren. Doch ihm war klar, jemand viel Wertvolleres gefunden zu haben: *Lisa Martensen*. Tobias Hartmann konnte sein Glück kaum fassen.
Seit diesem Freitagabend in Hamburg war er zum Schatten von Lisa geworden. Sie hatte keine

Ahnung. Bis zu Klaras Pension war er ihr gefolgt. In seinem Surfer Bulli war er niemandem
aufgefallen. Als er sah, in welchem Verhältnis
Klara zu Lisa stand, musste er nur auf den richtigen Moment warten. Immer wieder schaute er
im Internet in Klaras Belegungsplan. Er sah das
freie Zimmer und schlug zu. Klara saß in der
Falle.

„Wollen wir etwas essen gehen? Die Kantine
soll hier hervorragend sein." Sandra wandte
sich an Lisa. „Gute Idee. Mein Magen hängt in
der Kniekehle. Ich schicke Klara kurz eine
Nachricht."
*„Hej, wir kommen hier ganz gut voran. Mach dir
keine Sorgen."* Ein Umarmungsemoji folgte ihrer
Nachricht. Beide fuhren in das Untergeschoss,
wo sich die Kantine des LKA befand.

Klaras Handy vibrierte in ihrer Hosentasche.
Tobias Hartmann lächelte. „Dann sehe ich mir
mein Zimmer mal an." Er wandte sich um. Aus
dem Augenwinkel beobachtete er Klara, die sich
sichtlich über die Nachricht auf ihrem Handy
freute.
*„Leuchtende Augen – vermutlich eine Nachricht von
Lisa."*

Mit diesem Gedanken stieg Tobias Hartmann die Treppe hoch.

Sie standen unschlüssig vor dem reichhaltigen Büffet. „Was für eine Auswahl. Ich nehme die Pasta mit dem grünen Pesto. Dazu ein Wasser und ne Cola, bitte." „Hm, für mich bitte den großen Salatteller und ein stilles Wasser." Sandra deutete augenzwinkernd auf ihren Bauch. „Schwanger?" „Ertappt!" „Echt jetzt? Du und Kinder?" „Klar, warum nicht?", echauffierte sich Sandra. „Ja, stimmt, warum nicht. Glückwunsch. In welchem Monat bist du?" „Danke, im dritten." Lisa blickte verträumt auf Sandras Bauch. *„Ob Klara wohl Kinder haben möchte?"* „Träum nicht. Komm, da drüben ist ein Tisch frei."

Tobias Hartmann öffnete seine Zimmertür. Er blickte sich um und schaute aus dem Fenster. *„Toller Blick. Schade, dass ich nicht zum Urlaub machen hergekommen bin."* Er öffnete den Reißverschluss seiner Sporttasche. Ein Griff in das Holster zwischen seiner Wäsche, deutete ihm an, seine Waffe mit Schalldämpfer war jederzeit bereit.
Klara erledigte die Formalitäten zu ihrem neuen Gast. Wenig später nahm sie ihre

Schwimmsachen aus der Wohnung, holte ihr Rad aus dem Schuppen und fuhr zum Strand.

„Moin Klara." Tom kam ihr auf halber Strecke entgegen. „Moin Tom. Lisa ist vermutlich erst morgen oder übermorgen wieder im *Einsatz*." Das Wort Einsatz setzte sie in Anführungszeichen.

„Kein Problem. Hauptsache sie wird schnell wieder fit." Tom joggte weiter. Er vermutete, Lisa sei krank.

„Schon ganz schön spät. Brauchst du ein Zimmer heute Nacht?" Sandra blickte während des Essens auf ihre Armbanduhr. „Kurz vor sieben. Hm, wenn ich den Flug um halb zehn bekomme, dann nicht." „Für heute sind wir so weit durch. Sollte machbar sein." „Sandra, hast du bitte einen Moment?" Ein Kollege des BKA trat an den Tisch. „Was gibt es?" Auf Lisa blickend. „Ist ok, sie gehört zu mir. Was gibt es?" „Tobias Hartmann. Er ist nicht im Dienst!" „Was soll das heißen? Gar nicht im Dienst oder nur heute?" „Seit gestern. Er hat kurzfristig Urlaub eingereicht. Familienangelegenheit." „Verdammt!" „Wir haben sein Handy geortet." Der Beamte zeigte Sandra sein Handy. Erschrocken blickte Sandra zu Lisa hinüber. Lisa sprang auf, stellte sich hinter sie. Versteinert blickte sie auf das Display.

„Klara!", fassungslos starrte Lisa auf das Display des Kollegen. Sie erkannte deutlich den Strandweg vor Klaras Pension. Sandra griff sofort zu ihrem Handy und wählte die Nummer von Lutz Kiesemeier. „Lutz, wir haben unseren dritten Mann. Er ist bei euch in der Nähe." Sandra schilderte ihrem Kollegen ihre Kenntnisse. „Wir brechen sofort auf." Sandra beendete das Gespräch. Sie wählte eine andere Nummer. „Sandra hier. Buche mich bitte sofort auf die Maschine von Frankfurt nach Hamburg. Lisa buchst du bitte auf dieselbe Maschine um. Danke." An Lisa gewandt. „Komm, Lisa! Wir müssen los!" An ihren Kollegen gewandt. „Gute Arbeit! Danke!" Sandra und Lisa stürzten aus der Kantine. Im Laufschritt sprangen sie die Treppe zum Ausgang hinauf. Mit quietschenden Reifen verließ Sandra das Gelände des LKA. Mit Vollgas befuhr sie die A66. Am Frankfurter Kreuz wechselte sie auf die A3.

„Ich kann Klara nicht erreichen." „Vielleicht ist es besser, wenn sie erstmal nichts beunruhigt." Am Frankfurter Flughafen nahm ein Beamter der Bereitschaftspolizei Sandras Wagen in Empfang. Im Laufschritt kamen sie zur Abflug Halle. Sie hatten kein Gepäck und kamen sofort zu einem separaten Slot der Sicherheitskontrolle. Das Boarding hatte bereits begonnen. Lisa schaltete ihr Handy in den Flugmodus. „Hast du Klara erreicht?" „Nein." Nervös blickte Lisa hinaus auf das Flugfeld.

Klara kam aus dem Wasser, schüttelte ihre Haare aus und ließ sich auf ihr Handtuch fallen.

Tobias Hartmann fiel auf sein Bett und starrte an die Decke.

Als die Lufthansa Maschine aus Frankfurt landete, fuhren die LKA-Beamten um Lutz Kiesemeier bereits über die Fehmarnsundbrücke.

Lisa befreite ihr Handy aus dem Flugmodus und wählte Klaras Nummer. „Geh ran Klara. Bitte geh an dein verdammtes Handy!" Sandra blickte Lisa fragend an. Lisa schloss ihre Augen und schüttelte den Kopf. Vor dem Flughafen stand ein Zivilwagen des LKA mit laufendem Motor bereit. Mit eingeschaltetem Blaulicht zwängte sich Sandra durch den Feierabendverkehr, ehe sie auf der A1 Vollgas geben konnte. „Lutz, wir haben Klara Flügge bisher nicht erreicht. Wo seid ihr jetzt?" „Wir gehen gerade an der Pension vorbei. Ein VW-Bus mit

Hannoveraner Kennzeichen steht davor. Eine Halterabfrage hat Tobias Hartmann als Halter herausgespuckt." „Eine Spur von Frau Flügge oder Herrn Hartmann?" „Negativ!"

Klara kramte in ihrer Tasche nach ihrem Handy, als Tom ihr freudestrahlend entgegenlief.
„Hej Klara, kommst du mit zu Lina?" „Boah, Tom, super Idee. Ich packe schnell meine Sachen zusammen." Klara schob ihr Rad neben Tom her, als ihr Handy klingelte. „Tom kannst du bitte kurz rangehen. Das ist Lisa." „Hej Lisa." „TOM?" Lisa brüllte fast, so entsetzt war sie, Tom auf Klaras Handy zu erreichen. „Schrei nicht so." Klara blickte Tom fragend an. „Ich glaube Lisa möchte lieber dich hören." „Lisa?" „Kla…" „Mist. Mein Akku ist leer." Achselzuckend blickte sie zu Tom. „Klara? Das gibt es doch nicht. Die Verbindung ist unterbrochen." Lisa war kurz vorm Durchdrehen. Sandra erreichte in diesem Moment die Fehmarnsundbrücke.

„Tom, kann ich Lisa mit deinem Handy kurz zurückrufen?" Tom griff in seine Hosentasche, reichte Klara sein Handy und nahm ihr das Rad ab.

„Tom?" „Hej Lisa, sorry mein Akku ist leer. Alles ok bei dir? Wo steckst du denn?" „Klara, was machst du schönes?" Lisa versuchte, so entspannt wie möglich zu klingen.

Tobias Hartmann studierte eine Umgebungskarte der Insel.

„Tom und ich sind gerade auf dem Weg zu Lina. Bei dir wird es sicher später, oder?" „Ja genau, ich bin noch am Flughafen. Lasst es euch schmecken. Liebe Grüße an Lina und Tom. Bis später." „Ich freue mich auf dich. Bis später." Lisa liefen Tränen über ihre Wangen.
„Klara geht jetzt mit Tom Burger essen bei einer Freundin am Hafen." „Lutz? Klara Flügge ist beim Essen am Hafen." „Okay. Tobias Hartmann könnte in der Pension sein. Zugriff?" „Negativ. Kein Zugriff, Lutz. Ich bin gleich da."

Auf der schmalen Landstraße überholte Sandra waghalsig mehrere PKW. Zweimal schlitterte sie gefährlich nah an dem Grünstreifen entlang. „Bitte fahre erst zum Hafen. Ich muss mit eigenen Augen sehen, dass Klara nicht in Gefahr ist."

Unauffällig schob sich der schwarze Passat an der Burger Bude vorbei. Lisa konnte Klara lachend neben Tom sitzen sehen.

„Okay, jetzt zu Klaras Pension." Sandra fuhr hinter dem Restaurant entlang und bog etwas später auf den Strandweg. Sie parkte den Wagen hinter dem schwarzen BMW. „Lutz, wir parken hinter deinem Wagen. Wo seid ihr?" „Hinter dem Deich. Wasserseitig. Gegenüber der Pension." „Okay, wir nähern uns von hinten, ihr geht vorne rum."
Lisa näherte sich dem Hintereingang von Klaras Pension. Sandra gab Lutz ein Zeichen, sie würden hineingehen.

„Möchtet ihr noch etwas trinken?" „Nein Danke, Lina. Ich fahre nach Hause." „Und du Tom?" „Ja, ich nehme gerne noch ein Alster. Ciao Klara. Liebe Grüße an Lisa." Klara fuhr über den Strandweg. Sie wunderte sich über die beiden schwarzen Limousinen mit Hamburger Kennzeichen in der Nähe ihrer Pension. Als sie die Gartenpforte öffnen wollte, hörte sie einen lauten Knall.
Kurz darauf noch einen. Sie zuckte entsetzt zusammen.

Nach einem Blick in den Buchungsplan deutete Lisa Sandra an, Tobias Hartmann hatte das Dachzimmer bezogen. Sandra stieg mit Lutz Kiesemeier die Treppe hinauf. Sie zeigte ihm an, die Tür zu öffnen. Lisa blieb im Hintergrund. Lutz drückte die Klinke herunter. Die Tür sprang auf. Tobias Hartmann zog seine Waffe aus dem Holster, entfernte den Schalldämpfer und drehte sie in seinen Händen, als die Tür plötzlich aufsprang.

„Waffe runter.", hörte Lisa Sandra schreien. Ein Schuss fiel.

„Legen Sie die Waffe nieder, Hartmann!" Lutz schoss Tobias Hartmann in den linken Brustbereich. Laut schreiend ließ er die Waffe fallen. Der zweite Schuss war gefallen. Ein LKA-Beamter stürmte an Sandra vorbei. Er legte Tobias Hartmann Handschellen an.

„Sandra?" Lisa stürzte sich entsetzt auf ihre ehemalige Chefin, als diese vor ihr zusammensackte. „Ich bin okay! Nur ein Streifschuss am Arm!"

Klara ließ vor Schreck ihr Rad fallen. Tobias Hartmann wurde in Handschellen an ihr vorbeigeführt.

„Was, was ist denn hier los?" Mit weit aufgerissenen Augen blickte Klara auf die Szene.

Lisa half Sandra auf die Beine. Ihr Shirt hatte Blutflecken. „Geh runter zu Klara. Ich komme gleich nach." Lisa sprang die Stufen zur Tür hinunter. Als Klara die ganzen Blutflecken auf ihrem Shirt sah, schrie sie laut auf. „Oh Gott, bist du verletzt?" Lisa nahm Klara fest in den Arm. „Nein! Alles in Ordnung. Ich bin nicht verletzt. Sandra wurde angeschossen." In diesem Moment kam Sandra aus der Haustür. Sie hielt sich die Wunde an ihrem linken Unterarm.

„Lisa, wer ist der Mann?" „Es ist der letzte Täter. Jetzt sind alle gefasst." Sandra blickte Klara lächelnd an. „Es ist vorbei, Klara!"
Sie sank in sich zusammen. Lisa hatte Mühe Klara zu stützen. „Ich glaube mir ist übel." „Zu viele Pommes gefuttert, hm?"

Von weitem hörten sie das Martinshorn des Rettungswagens. Sandra wurde verarztet und stieg wenig später aus dem Rettungswagen. Tobias Hartmann kam schwerverletzt ins Krankenhaus, wo er später an seiner schweren Verletzung starb.

„Habt ihr noch ein Zimmer frei?" „Ja haben wir. Meins." Lisa blickte erst zu Klara dann zu Sandra.

„Wenn du möchtest, kannst du in meiner Kate übernachten." Fragend blickte sie Klara an.
„Dich lass ich nicht mehr los. Du bleibst heute Nacht bei mir."
Klara schlang ihre Arme fest um Lisa.

Epilog

Der Albtraum ihres Überfalls in Frankfurt war aufgeklärt. Marc Schreiner sowie Stefan Wagner wurden zu mehrjährigen Haftstrafen verurteilt. Mareike Thomsen kam auf Bewährung frei.

Lisa hatte sich eine Therapeutin in Kiel gesucht, die ihr bei der Aufarbeitung des Überfalls helfen würde.

Sandra war über Nacht bei Lisa geblieben. Zum Abschied sagte sie an Lisa gewandt: „In meinem Team haben wir immer einen Platz für dich frei. Falls du es dir doch anders überlegen solltest."

Mit einem Augenzwinkern blickte sie zu Klara. „Bei dir ist Lisa in liebevollen Händen. Habt erstmal eine wunderschöne Zeit zusammen."

Lisa blickte Klara tief in die Augen.
„Mit dir möchte ich nochmal von vorn beginnen."

„Lass uns erstmal den Rest des Sommers genießen. Dann sehen wir, was noch alles für uns beide kommt…"

Nachbemerkung der Autorin

Die Handlung dieses Romans sowie sämtliche Personen sind frei erfunden.

Eventuelle Namensgleichheiten oder Ähnlichkeiten sind von mir nicht beabsichtigt und wären. Sie wären *reiner Zufall*.

Eventuell faktische Irrtümer gehen zu meinen Lasten.

Mein herzlicher Dank gilt meinen Mitmenschen, die mich bei der Arbeit an diesem Buch geduldig und wertschätzend unterstützt haben.